Einaudi. Stile Libero Big

Dello stesso autore nel catalogo Einaudi

Notti in bianco, baci a colazione
Sono puri i loro sogni
La vita fino a te
L'invenzione di noi due
Il tempo di tornare a casa
Il rosmarino non capisce l'inverno

Matteo Bussola

Un buon posto in cui fermarsi

Einaudi

www.einaudi.it

ISBN 978-88-06-25447-6

Un buon posto in cui fermarsi

ai pugni presi, alle carezze date

Il mondo spezza tutti quanti, e poi molti sono forti nei punti spezzati.

ERNEST HEMINGWAY, *Addio alle armi*

L'odore di un uomo paterno
quello di un uomo bambino.
Il calore di un tocco materno
quello di un morso cattivo.
Il pudore di un uomo sicuro
quello del suo castigo.
Lo sproloquio di un uomo moderno
quello di un uomo antico.

MADAME, *Come voglio l'amore*

Ti diranno che dietro ogni grande uomo c'è una grande donna.

Spesso è vero.

Quel che non ti diranno è che quest'immagine contiene già l'idea di cui cercheranno di convincerti per il resto della vita: che il tuo compito di uomo sia quello di stare sempre *davanti*.

Non ti diranno che esistono anche uomini, grandi o piccoli che siano, che coltivano la vocazione dello stare accanto, o quella di scomparire, o altri che di donne non ne hanno mai avute e, forse, mai ne avranno. Non ti diranno che, pure dietro un grande uomo, non c'è che una vita con il suo repertorio di inadeguatezze, di dolori, di inciampi e cadute. Di solitudini e incomprensioni, di giudizi taglienti, di immaginari disattesi e aspettative mal riposte. Figuriamoci dietro un uomo piccolo e ordinario. Figuriamoci dietro uno come me.

A volte dietro un uomo non c'è che un'ombra, tutto ciò che avrebbe voluto o potuto essere, e invece. Ci sono scie di rimpianti, una manciata di rimorsi, la sensazione di avere compromesso ogni cosa, di avere mancato il tempismo, di essere stato l'uomo giusto nel momento sbagliato o quello peggiore nel momento perfetto. Di avere deluso una donna o un uomo, un figlio o un genitore oppure sé stesso, continuando a ignorare quale fra queste sia la cosa davvero imperdonabile.

Quello che soprattutto non ti diranno è che a volte vinci proprio quando perdi.

Non ti diranno che ci addestrano alle vette, mentre ci sono vallate meravigliose. Ti sentirai forzato alla retorica della sfida, al culto dell'efficienza, al continuo e inappagato desiderio di un altrove, come se la vita stesse sempre da un'altra parte e mai qui, accanto a te. A vincere il mondo anziché imparare a camminarci dentro. A sognare il cielo piuttosto che perderti in un filo d'erba.

Molti anni fa mio padre mi ha fatto una domanda, una delle pochissime che mi abbia mai rivolto, perché poi, per il resto, da me non ha preteso che risposte a domande che sapeva solo lui.

Era estate, eravamo sulla spiaggia, il tramonto rendeva ogni cosa brillante e indefinita, mamma ci aspettava per rientrare, noi eravamo sempre gli ultimi. La pelle tirava cotta dal sole e papà mi aveva portato di nuovo a vedere i granchi.

– Che cos'è un uomo? – mi ha chiesto, entrambi eravamo chini sulle rocce.

– Un uomo?

– Che cosa fa di un uomo un uomo? – ha precisato.

Ci ho pensato un po'.

– Un uomo è uno che non si arrende, – ho detto cercando di impressionarlo.

Lui ha continuato a guardare i granchi, ne ha preso in mano uno che pareva riflettere la luce, si agitava fra le sue dita come un piccolo ballerino dorato.

– No, – ha detto. – Un uomo è uno che non mantiene le promesse.

È una risposta che non ti aspetteresti, vero?

Di solito si dice che un uomo è uno che le promesse le mantiene. Ho capito solo dopo molti anni quel che intendeva mio padre, come ho compreso il suo amore per i granchi: non la mantieni, una promessa, quando non sei come ti vogliono, non la mantieni quando contraddici i copioni già scritti, se nella fotografia sei fuori fuoco, quando scegli di non avere alcun potere in un mondo in cui il potere è maschile per definizione, e sai già che questa scelta ti renderà irrilevante e invisibile. Ma, forse, anche piú libero. Non mantieni una promessa quando sei un marinaio che pianta un orto, o un contadino che prende il largo. Quando ritrovi il tuo senso in una deviazione, in una caduta, nel desiderio di restare a terra, accanto alle cose che scorrono in profondità, senza cedere all'imperativo morale di rialzarti subito. Quando accetti di essere incrinato, spaccato, di forzare la maschera di rabbia e violenza e controllo che ti spetterebbe per destino, quando ti senti inabile alle sfide e rifiuti la divisa che ti vorrebbero imporre per statuto.

Anch'io ho tradito una promessa a cui tenevo, sai? Ma non sono sicuro che questo faccia di me il tipo di uomo che intendeva papà.

Avevo giurato che per niente al mondo mi sarei perso il momento della tua nascita, e invece tu sei nato e io non c'ero. Però se vuoi possiamo recuperare adesso. Magari potrei raccontarti una storia. I padri fanno spesso cosí, raccontare storie è il loro modo per spiegare ciò che è davvero importante. E poi le storie che sentirai da bambino resteranno le piú belle e, pensaci: questa per te sarà la prima.

Oltretutto, questa qui non la sa proprio nessuno.

Perché di solito un bambino arriva semplicemente grazie all'incontro di due persone, tu invece sei arrivato grazie a tanti piccoli gesti sghembi e improbabili, a scelte inattese, a una serie di imprevisti e risolutezze e vulnerabilità che, sommati insieme, disegnano la tua strada fino a qui. È una storia composta da tante storie diverse che sono in realtà la stessa, un racconto di uomini che hanno fatto come fanno i granchi quando devono diventare piú grandi: hanno abbandonato una corazza di apparenti sicurezze esponendo alle intemperie il loro ventre molle. Si sono sottratti al conflitto, hanno deposto le armi, hanno accolto le proprie ferite per sperimentare un nuovo modo di stare nel mondo, perché hanno capito la stessa cosa che, mi auguro, un giorno imparerai tu.

Che la vita non è una montagna da scalare, un treno da non perdere, un obiettivo da centrare, ma è una piccola stanza da arredare con cura.

Non è una cima da raggiungere a tutti i costi.

È la scelta di un buon posto in cui fermarsi.

Stefano

(Un rifugio di pianura)

Arriva sempre, prima o poi, il momento in cui scopri che ti piacerebbe sapere chi sei.

Spesso non è che un bagliore che percepisci appena dietro gli occhi, una mano invisibile che ti scompiglia i capelli quando il vento non c'è, una fitta di nostalgia che ti attraversa una mattina come tante, mentre stai facendo la doccia, ma che non riesci a ricondurre a un'immagine specifica. Per questo puoi decidere di ignorare la faccenda come non fosse mai esistita. Una volta passata, difficilmente tornerà. Se invece consenti a quel dubbio di lasciare un graffio, di aprire una crepa, allora è finita. O è appena cominciata. Dipende da come la vedi.

Ho compiuto trentasei anni a febbraio, sono il piú giovane direttore di banca della mia provincia. Ho costruito la mia intera vita sul culto dell'intraprendenza, sul feticcio della prestazione. Ha funzionato tutto, ho saputo indovinare ogni mossa, interpretare ogni attesa, stringere le mani giuste, elargire gli opportuni sorrisi, diventare il nodo che tiene insieme piccole forme di autorità. Ho un ruolo sociale riconoscibile, sono perfettamente inserito, mantengo segreti, conservo equilibri, godo del privilegio di riverenze, ipocrite o no, sento che ormai non potrei farne a meno, sono in cima alla piramide che avevo previsto per me. In attesa, magari, di scalarne una piú alta.

La dimensione del produrre, del monetizzare, dell'affermarsi è la sola che io abbia mai conosciuto. Non ci vedo nulla di male e, in effetti, non c'è. Del resto, in una società in cui i soldi sono utilizzati come misura del valore delle persone, nella mia piccola bolla detengo le chiavi del cancello, perché non dovrei esserne orgoglioso? Perché non dovrei sentirmi al sicuro?

Eppure la sento, quella voce.

Non è il richiamo di una passione sopita, non è un'attitudine ignorata troppo a lungo, non è un sogno calpestato – non ho alcun talento particolare, e lo so, non ho mai aspirato a diventare un cantante, o un attore, non ho un romanzo nel cassetto, non ho un'idea per un film, non mi piace disegnare, fare fotografie, non ho alcuna ambizione artistica, nessun ardore politico, niente.

Però la notte, accanto a mia moglie, ho cominciato a dormire male. Il sonno è spesso frammentato, intermittente, costellato da risvegli elettrici, senza spiegazione, o da brevi incubi che prevedono un analogo schema: ci sono io che vorrei urlare, far voltare una persona importante per me che vedo passare per la strada, oppure desidero disperatamente telefonare a qualcuno, ma quando apro la bocca le parole non escono. Nessuno mi vede o mi risponde.

È semplice dare ascolto a chi dice lo stress, le responsabilità, la famiglia che sto fondando con attenzione, proprio come si fonda un'azienda, accertandomi prima di avere tutte le sicurezze, il rischio d'impresa ridotto al minimo. È piú difficile, invece, credere al mio tormento.

Poi una mattina, senza preavviso, ricevo una telefonata.

È un vecchio amico che non sento da un pezzo, anche se un tempo siamo stati intimi, quando eravamo giovanissimi e disubbidienti. Quando ero un'altra persona. Mentre parla mi chiedo cosa ci abbia allontanati, ma forse non voglio sapere davvero la risposta. L'amico mi tratta come non fosse passato un giorno.

«E insomma, Stefano, capisci? – dice. – Alla fine sbuca fuori questo casale».

– Che casale?

«È qui in provincia, il nonno di Gianni glielo ha lasciato in eredità, roba da non credere, e lui ci ha speso tutto quel che aveva solo per le tasse di successione».

– Lo immagino. La gente crede che ricevere un immobile sia una fortuna, ne ignora i rischi.

«È di quelli con i muri in pietra tirati su a secco, come si faceva una volta, ha il tetto sfondato in piú punti ma le travi ancora sane, non ha quasi niente a norma, è interamente da sistemare, però ha due ettari di terreno attorno».

– Mica pochi.

«Eh. Il fatto è che io sono in cassa integrazione da quasi un anno, Gianni è disoccupato, e cosí... intanto abbiamo cominciato a seminare».

– A seminare? A seminare che?

«Grano, pomodori, quel che viene. Lo so, lo so, non ridere. Gianni ha preso pure tre galline, abbiamo costruito una casetta per loro e un'aia».

– Ma perché, Arturo? Non capisco.

«È che di solito le case le sistemi da dentro, noi abbiamo deciso di cominciare dal fuori. Vorremmo trasformarla col tempo in una specie di... posto».

– Un agriturismo? – chiedo.

«No, – mi dice Arturo. – Pensavamo piú un rifugio, cioè un luogo per, come dire... Recuperare le forze. Prendersi una pausa dalla vita. Anche solo mentre vai al lavoro, o se hai litigato con qualcuno, che ne so. Vieni da noi e ti fermi un paio d'ore in mezzo al verde, oppure un giorno intero, se vuoi, lo decidi tu. Poi riparti. I rifugi te li aspetti in montagna, no? Ecco: noi, invece, vorremmo fare un rifugio di pianura».

– Un rifugio di... – mi interrompo, non voglio dirgli cosa ne penso davvero, mi ricordo che mancano sette minuti a un appuntamento. – Va bene, veniamo al dunque. Che volete da me?

«Allora, come ti dicevo, Gianni è a secco. Io ho qualcosina-ina messo da parte ma, per essere sinceri, con le nostre forze non cominciamo neanche. Quindi, in definitiva, pensavamo, soprattutto te che sai come fare... avremmo bisogno di ricevere un prestito. Dalla banca, eh. Insomma, accendere un mutuo».

– E come lo ripaghereste, il mutuo?

«Be', una volta che tutto sarà partito...»

– Ma partito che? Da quel che mi dici ci vorranno anni, e centinaia di migliaia di euro, a esser buoni. E per realizzare una roba che, cosí, sulla carta, non ha precedenti nel mondo reale, sembra una specie di sogno d'infanzia.

«E cos'hai contro i sogni d'infanzia, scusa?»

– Niente. Solo che non ci ripaghi i mutui.

«Okay, ma... Ci potresti mettere una buona parola tu, no?»

– Arturo, la banca non è mia. I soldi non sono i miei. Non è che siccome ci conosciamo allora non esistono le clausole, le garanzie eccetera.

«Sí, sí, immagino. Comunque, senti, – dice. – Potresti almeno venire a vederlo, no? Secondo me se lo vedi cambi idea».

– Ma non ho nessuna idea da cambiare, per come me l'hai detta non c'è neanche qualcosa di cui parlare.

«Va bene, ma tu vieni, dài. Fidati. Vieni oggi, eh? Ti aspettiamo».

– Ma oggi cosa, che ho una lista di appuntamenti fino alla fine del mese?

«D'accordo, ma uscirai da 'sta banca, almeno di sera. Vieni quando hai finito».

– Quando ho finito di solito vado in palestra e poi torno da mia moglie, che mi vede già poco.

«E invece di andare in palestra, per una volta, vieni da noi. Che se vuoi farti i muscoli, ti giuro, ce n'è».

Capisco che non mollerà, so che è una completa perdita di tempo, ma nonostante ciò non ho voglia di essere sgradevole. Lo prendo come un ultimo tributo al ragazzo che sono stato. E poi nel mio lavoro la reputazione è tutto, e non voglio che si dica in giro che sono uno che ignora gli amici, men che meno le occasioni.

– Va bene, arrivo verso le 18.00, mandami la posizione, adesso devo proprio scappare.

Comincia cosí.

Quando parcheggio l'Audi nell'erba alta, vorrei andarmene. È perfino peggio di come me l'ero immaginato. Non è un casale, è un rudere. Di buono c'è che non è piccolo, e il posto in effetti ha, non saprei dirlo. Qualcosa. Con un'impresa di quelle giuste potrebbero saltarci fuori tre o quattro appartamenti mica male.

– Ehi! – Arturo mi bussa al finestrino. – Cioè, ma sei uguale!

Penso che io invece quasi non lo riconosco, non lo dico. Gli tendo la mano, lui irrompe nell'abitacolo e mi abbraccia.

– Vieni, vieni, dài, andiamo da Gianni, è là dietro.

Scendo dall'auto, camminiamo insieme verso il casale, pesto una merda di cane.

– Eh, quella è di Nando, – ride, – ma tanto sai come si dice.

– Sí, certo, – struscio la suola contro i sassi per pulirla.

– Eccoci! – urla davanti a me.

Dietro il casale c'è un uomo chino nell'erba. Stringe qualcosa fra i denti, sembrerebbe una specie di zappetta da aiuola, tiene addosso a sé con il braccio sinistro un cespuglio di lavanda che lo copre per metà, lascia andare il cespuglio e si volta nella mia direzione, si tira su.

– Fao, fono Fanni, – dice. – Ofdio! – sputa per terra la zappetta. – Scusami, mi ero scordato che avevo la bocca occupata.

Arturo scoppia a ridere, sorrido anch'io. È quello l'istante in cui lo noto: all'uomo, a Gianni, manca il braccio destro, amputato appena sotto la spalla.

– So che si dice che stringersi la sinistra porta sfortuna, – prosegue, – ma non ho molte alternative.

Mi allunga la mano, la prendo, la sua stretta è una morsa.

– Piacere, Stefano, – dico.

– E comunque di fortuna ne ha già trovata abbastanza scendendo dall'auto, – ride ancora Arturo.

– Quindi? – dice Gianni. – Che te ne pare? – Con l'unico braccio dipinge un semicerchio in aria.

– Il posto merita, – dico. – Il resto, meno.

– Pensi che si possa ottenere qualcosa? Artú ti ha detto che vorremmo tentare un mutuo. Volevamo provare a rientrare nella cosa del centodieci per cento ma, come saprai meglio di noi, al momento hanno chiuso i rubinetti.

– Senti… Gianni, giusto? – dico. – Le banche non funzionano cosí, credo lo sappiate. Non concedono prestiti o mutui a occhio, o perché un luogo è gradevole. Serve un progetto dettagliato, un piano chiaro, una previsione di lavori, un prospetto economico, delle garanzie.

– Be', ma il progetto c'è eccome. E la nostra garanzia, capisci, speravamo potessi essere tu.

Ci guardiamo. Restiamo in un silenzio piú che eloquente. Vorrei solo risalire in autò e fuggire via.

– Ascolta, già che sei qui mi aiuteresti con la lavanda? – dice d'un tratto.

– Eh?

– Mi aiuti a metterla a dimora?

– Io veramente non...

– Ma su, mica è venuto qua per fare il bracciante, – interviene Arturo. – E poi lo fai sporcare tutto.

– Appunto, – dice Gianni. – Mi dà l'idea di uno che non si sporca da un po', magari gli fa bene, – ride amichevole, oppure sarcastico.

Vorrei mandarlo a quel paese, ma qualcosa mi trattiene. Forse il suo essere danneggiato, forse qualcosa nei suoi occhi. Forse il fatto che una parte di me sa che ha detto la verità.

– Andiamo, – dico.

E cosí io e quest'uomo che non conosco ci mettiamo a piantare un cespuglio di lavanda. Lui scava un buco con la zappetta che stringe nella mano sinistra, io abbraccio la pianta in attesa che Gianni mi dica quando, affondo il naso nei fiori, il profumo è pazzesco, di un'intensità fuori scala, mi invade i sensi, chiudo gli occhi e per un attimo mi sembra che non esista nient'altro.

– Appoggiala qua, – mi dice. – Ora copriamo e ci mettiamo un po' di fertilizzante.

– Com'è successo? – chiedo, mentre mi sforzo di tenere diritto il cespuglio.

– Cosa?

– Il braccio, – preciso, meravigliandomi per primo della mia domanda inopportuna.

– Mi è rimasto in un macchinario in fabbrica, – dice. – Un tornio. Se Arturo non avesse premuto il pulsante di sicurezza avrebbe risucchiato anche me.

– Madonna, – mi sfugge. – Mi spiace.

– Anche a me all'inizio, poi no, – dice. – Quella fabbrica mi stava mangiando la vita, giorno dopo giorno. L'incidente è stato un avvertimento e una buona scusa per mollare. L'assicurazione ha pagato molto meno di quel che mi aspettavo, ma è sufficiente per sopravvivere. Infine è arrivato il casale ed eccoci qua.

– Gianni, – dico, – quel che volete fare, messi come siete messi al momento, è impossibile. Non cosí, non sulla parola. Siete un cassintegrato e un...

– Ma dillo, figurati, – dice. – Un invalido, non c'è mica problema.

– Sí. Un cassintegrato e un invalido che piantano pomodori e cespugli di lavanda cosí, a cazzo, che costruiscono casette per le galline. Senza un piano, senza un minimo di capitale, senza niente.

– Ma no, è che tu il piano non lo vedi. Il piano è proprio non avere un piano.

– Ma in questo modo non potrete ricevere alcun aiuto.

– Intanto abbiamo già un cespuglio di lavanda in piú, – dice.

Mi alzo in piedi, mi spolvero i pantaloni dalla terra, lui mi guarda da sotto in su.

– Stefano, – prosegue, – io lo so che siamo storti e improbabili e incasinati e sí, insomma, poveri. Ma c'è di peggio in giro, credimi. C'è anche gente cosí povera che l'unica cosa che ha sono i soldi, – sorride.

Lo guardo.

– Oddio, non intendevo te, cioè non volevo mica offenderti. Era solo per dire che, a volte, ci sono possibilità che magari uno non scorge.

– E cioè?

– Be', prendi la nostra situazione, per esempio. Tu immagini che siamo venuti da te dopo che altri due o tre istituti di credito ci hanno riso dietro, no?

– E vorrei pure vedere.

– Però forse non siamo venuti da te solo per questo. Magari qui c'è un'opportunità per tutti. Pensaci: tu ci aiuti a partire, e in cambio puoi venirci quando vuoi. Se ti va ci dài una mano a piantare cose, dài il becchime alle galline, se non ti va addenti un pomodoro dell'orto, ti stendi nell'erba e basta.

– Nell'erba.

– Sí.

– Con un pomodoro.

– Eh. Preferisci un peperone?

Scoppio a ridere cosí, dal niente. È una risata talmente inattesa che non riesco a smettere, ride anche lui, alle nostre spalle arriva Arturo, ha in mano un cestino che contiene qualche uovo.

– Qui ci si diverte un bel po', eh?

– Pare, – dice Gianni.

– Sentite, – dico per levarmi dall'imbarazzo. – Provo a fare un ragionamento in ufficio, okay? Ci sono dei fondi europei ai quali forse potreste sperare di attingere, anche se rientrate nei limiti d'età per un capello, o delle forme di ipoteca che potremmo provare a mettere in campo. Non vi prometto niente, ma ci aggiorniamo, va bene? Ora devo proprio andare.

– Va bene, – dice Gianni. – Grazie.

Li saluto, risalgo in auto e me ne vado.

A letto, quella notte, mi annuso le dita che profumano ancora di lavanda. Mi vedo steso nell'erba con un peperone in bocca, mi viene di nuovo da ridere.

– Che c'è? – dice mia moglie, accanto a me.

– Niente, amore, – dico. – Mi è tornata in mente una cosa, domani ti racconto, dormi.

In ufficio, nelle settimane seguenti, con mia grande sorpresa provo sul serio a trovare una maniera.

Rifletto se coinvolgere degli sponsor, ma nessuno appoggerebbe un'idea tanto folle. E che l'istituto non eroghi prestiti in assenza di garanzie è un fatto. Ripenso alle parole di Gianni.

«Speravamo che la nostra garanzia potessi essere tu».

Ma come gli è venuto? Espormi di persona per due quasi estranei, su! Non so se ammirare la sfacciataggine o incazzarmi per l'ingenuità. Eppure, sarebbe l'unico modo sicuro. Potrei far loro da garante per una cifra iniziale piccola, permettergli di partire, dar loro una speranza. Ma perché dovrei farlo?, mi chiedo. In nome di cosa?

Una parte di me conosce la risposta, anche se è una risposta senza senso.

Voglio sentirmi ancora cosí, poter rivivere l'attimo in cui due esseri umani dall'opposta fortuna stanno inginocchiati nell'erba a piantare un cespuglio di fiori. Forse anche a me manca qualcosa, penso. A Gianni un braccio, a me una nuova ragione per cui usare le mie. In una vita in cui ho fatto tutte le scelte giuste sono di colpo animato dal desiderio di farne una sbagliata.

Tre giorni piú tardi sono al casale e sto piantando una magnolia. È la prima, ce ne saranno altre. Cinque giorni dopo sto issando un gazebo, quando ci crolla in testa sul piú bello decidiamo di risolvere la cosa sdraiandoci sul prato. – Lasciamolo lí, – dice Gianni, – come le rovine di Stonehenge –. Iniziamo a ridere talmente forte che spaventiamo le galline.

Mia moglie, quando rincaso la sera, nota il colorito sul viso, mi chiede lumi, e mi rendo conto che non le ho ancora raccontato niente. Forse avevo paura, forse non ero ancora convinto. Le dico tutto, glielo dico in fretta, quasi per non darmi modo di ripensarci.

– Era un pezzo che non ti vedevo cosí, – dice lei, dopo la storia.

– Cosí come?

– Cosí, – ripete.

Passo dal casale quasi tutti i giorni. Scopro che sulla storia della palestra Arturo aveva ragione, percepisco muscoli in posti che non sapevo di avere. La banca eroga i primi cinquantamila euro, ho usato la mia influenza per accelerare le pratiche. Li spendiamo per comprare un trattore, non appena arriva lo adoperiamo per fare gli scemi nel campo, come adolescenti che impennano col motorino nuovo. Il secondo giorno ci attacchiamo l'aratro.

Il casale richiede sempre piú tempo, le due ore dopo l'ufficio non bastano mai. Ogni mattina mi sveglio pensando al momento in cui potrò tornare lí. Non ho mai creduto alle storie di quelli che cambiano vita, che impazziscono e aprono un chiosco alle Canarie, che rovinano famiglie solo per inseguire l'illusione di ricominciare. Ma io non voglio ricominciare niente, forse voglio cominciare e basta. Mi sento uno che ha trascorso l'intera esistenza a scalare una montagna che non era la sua, e da cui d'un tratto vede un panorama che non gli interessa piú.

Ne parlo con mia moglie, mi aspetto considerazioni ovvie, del resto qualcuno deve assumersi la responsabilità di fermare questa follia.

– Ti ho visto tirato per tanti anni, sarebbe bello vederti solo felice per un po', – mi stupisce lei.

Prima di prendermi l'aspettativa voglio essere sicuro che ogni cosa sia a posto.

Mi occupo di avvisare i clienti piú importanti, chiudo le pratiche in sospeso, soprattutto desidero mettere al sicuro il signor Arnaldo, il primo cliente che abbia deciso di darmi fiducia in banca, quando ero un novellino. Gli sono affezionato e voglio essere certo che la banca paghi la polizza per la non autosufficienza di sua moglie malata di Alzheimer, senza storie, perché lo so come vanno queste faccende.

Il pomeriggio in cui me ne vado sono contento ma mi sento, anche, come uno che ha tradito un impegno, tutti gli anni che lo avevano portato fino alla sua posizione. Un uomo che sta gettando una vita alle ortiche, la sensazione è quella di cadere giú. Poi penso che, in fondo, sto tradendo solo la vecchia nozione di me stesso, e forse ogni giorno che valga la pena di essere vissuto comporta qualche piccolo tradimento necessario. O non ci sarebbe mai spazio per il nuovo.

Un mese dopo, la banca eroga la seconda rata del prestito. Ne aggiungo una piccola parte di tasca mia, senza dire niente a Gianni e Arturo. Usiamo i soldi per commissionare un progetto a un architetto e iniziare a risanare i muri e a risistemare la copertura. Alla fine dell'inverno piantiamo un frutteto. Al centro del frutteto Gianni vuole mettere una panchina.

– Per sedersi ad ascoltare le galline, – dice.

La cosa buffa è che né io né Arturo ci troviamo nulla di strano.

Ad aprile, per la prima volta, penso di licenziarmi e di usare la liquidazione per concludere almeno due stanze: Gianni potrà trasferirsi e vendere il suo piccolo appartamento.

– Cosí potrò cominciare a tirar fuori un po' di dindi anch'io, – dice, – e poi abitando qui potrò fare il guardiano del faro.

– Il faro di che? – gli dice Arturo. – Mica siamo in mare.

– Un faro di terra, – dice lui, – ogni rifugio di pianura ne ha uno.

Non ne parlo ancora con lei, ma quella sera nel letto mi stringe forte la mano al buio, sotto le lenzuola, come se avesse intuito qualcosa. Non ho problemi di sonno da un pezzo, nessun risveglio elettrico, poi una notte inaspettatamente torna l'incubo che mi ha tormentato per anni.

Nel sogno sono pervaso da una sensazione di pericolo imminente, neanche stesse per scatenarsi un bombardamento, o un terremoto. Vedo passare la solita persona, quella per me importantissima, quella che sento potrebbe salvarmi, urlo piú forte che posso, mi sembra di non avere aria nei polmoni, sono senza voce. Non è cambiato niente. Stavolta, però, d'un tratto la persona si ferma, come se fossi riuscito a gridare il suo nome, come se lei l'avesse sentito vibrare su corde invisibili.

Si gira piano verso di me. Mi sorride, mi guarda come a dire ma dov'eri finito. Adesso la riconosco.

La persona sono io.

Arnaldo

(Perché non ci frequentiamo?)

Certe mattine, mentre la aiuto a lavarsi e vestirsi, Ada mi dice: «Perché non ci frequentiamo? Tu mi piaci tanto, anche se sei un po' vecchio per me».

Allora le ricordo che siamo sposati da cinquantadue anni.

Lei mi guarda e piange. Quelli sono i momenti piú difficili. Io mi avvicino e la tengo stretta, Ada si abbandona al mio abbraccio. In quegli attimi, sembra quasi che sia tutto come prima.

Prima, era l'estate di tre anni fa, e quello che c'era stato fino a lí.

Iniziò con lei che, quando scendeva dall'auto, si dimenticava la portiera aperta, o il portellone alzato dopo la spesa, cosa che in un paio di occasioni fece scaricare per intero la batteria della macchina. Io la prendevo in giro, le dicevo che se voleva una decappottabile bastava ammetterlo senza ricorrere a quei mezzucci, anche se ormai eravamo in là con gli anni e, a bordo di una spider, con quel che rimaneva dei miei capelli al vento, la cervicale ne avrebbe risentito. Ada rideva, ma già si capiva che qualcosa non andava.

Proseguí con lei che, durante una cena, non riuscí a chiedermi il barattolo di sale iposodico. Guardava nella mia direzione, indicava lo sportello della credenza in cucina, ma non le veniva la parola. Intuii cosa volesse, glielo portai lo stesso e ci scherzammo su. Sono le piccole attenzioni che mettiamo in campo per proteggere le persone che amiamo, per cercare di non vedere la tragedia. Per convincerci che si è trattato solo di stanchezza, di distrazione, un'innocente sbadataggine. Perché tutte le coppie che stanno insieme abbastanza a lungo, a un certo punto, hanno il presentimento di una catastrofe in agguato. Non lo ammetterebbero mai, naturalmente, ma ciascuno dei partner, dentro, comincia a domandarsi se sarà all'altezza. Chi sarà il primo.

La caduta di due mesi piú tardi fu per noi la risposta. Ada stava scendendo le scale e, all'improvviso, scordò come si cammina. Restò con il piede sospeso per aria, la rampa che si apriva sotto di lei come un precipizio, perse l'equilibrio e cadde giú.

Mentre la aiutavo a rialzarsi, le domandai cosa fosse successo e lei mi guardò come se non mi avesse mai visto. Durò un secondo, niente di piú, ma non scorderò mai i suoi occhi. Fu lí che iniziai ad avere paura. Fu in quell'occasione che prima la invitai, poi la costrinsi, a fare tutti gli accertamenti necessari.

L'iter diagnostico si concluse in fretta.

Frattura del femore e una forma assai aggressiva di Alzheimer, disse il dottore dietro la sua scrivania. Quando il femore fu a posto, il resto era già peggiorato. Ada rientrò nella mia vita, nella nostra, da un'altra età.

Da allora, poco per volta, cominciai a occuparmi di lei sempre meno come marito e sempre piú come assistente familiare. Oggi il marito è quasi scomparso, almeno per Ada.

Giorno dopo giorno la sveglio, la lavo, la vesto, la nutro. Soprattutto, le do i farmaci, nove pillole ogni mattina, tre sono per l'ansia. La assisto nelle sue necessità, la rincorro quando fugge a prendere un autobus inesistente, o la rassicuro se si sveglia a notte fonda gridando: «Mamma, c'è Pippo!» ricordando i bombardamenti di quand'era bambina.

Per la maggior parte del tempo è docile, anche se mi chiama spesso con nomi diversi. A volte non si capisce niente di quel che dice, ma si emoziona ancora se le metto *Io ho in mente te* dell'Equipe 84. È la nostra canzone. Anche se oggi, alla luce dei fatti, pare quasi una presa in giro. Quando comincia a ballare in soggiorno mi rendo conto che tutto il tempo vissuto insieme è sempre lí, semplicemente sommerso. Ogni tanto riappare per lampi, frammenti, piccole isole di un'esistenza condivisa. La nostra vita è Venezia, la malattia è l'acqua alta che copre rapida tutto, fa sprofondare le pietre, cancella i passi, invade i negozi, riduce il mondo alla sua metà. Quando la marea si ritira, la città inizia a riemergere. Con la malattia, non riemerge mai per intero. Ci sono parti che non tornano piú. La città non è mai la stessa di prima. Allora devi imparare a disegnare una nuova geografia della relazione, cambiare punti di riferimento, essere pronto al fatto che, comunque, ti perderai.

«Deve abituarsi a lasciarla andare, non potrà provvedere a lei da solo ancora a lungo», mi dice il medico a ogni controllo. E io penso: cosa dovrei lasciar andare? All'idea della morte ci si abitua. Ma come si può elaborare il lutto di una persona ancora in vita? Di tua moglie che non c'è piú, eppure c'è ancora?

Per fortuna, a occuparmi di lei non sono piú da solo, anche se il dottore non lo sa.

Non abbiamo figli, non sono mai arrivati, abbiamo accettato la cosa senza mai considerarla un torto che la vita ci aveva fatto. È andata cosí e basta. È l'ingegnere del secondo piano che ogni tanto ci aiuta. Proprio come farebbe un figlio, o come immagino dovrebbe fare. Lui è forte, ben piantato, riesce a reggere Ada con una mano, lei gli si aggrappa sicura sentendo di potersi fidare. Quando la solleva piano, e se la prende in braccio, sembra un padre con la sua bambina. Una volta lei l'ha anche chiamato cosí.

– Papà, – gli ha detto, mentre l'ingegnere la tirava su dal dondolo in terrazzo. – Guarda che nero che sei, – ha proseguito accarezzandogli il viso. – Oggi c'era tanto sole, – le ha sorriso lui, senza scomporsi. L'ingegnere viene dalla Nigeria, ha affittato l'appartamento sotto il nostro. Il suo arrivo è stato una benedizione. Neanche lui ha figli, e non ha piú i genitori. Ci siamo adottati a vicenda.

Da qualche mese anch'io mi sento un po' confuso. L'ingegnere lo sa. Perciò ho deciso di tenere questo diario. Potrò rileggerlo quando le cose mi sembreranno un po' meno chiare.

La verità è che ho paura che me la portino via. Che ci assegnino un amministratore di sostegno, a causa della mia età. Se me la porteranno via, il passo successivo sarà il suo ricovero in una Rsa. Dunque la sua fine. Quindi la mia.

Io voglio solo che ci lascino stare, so che anche per Ada è cosí. A me non importa se non mi riconosce, se i suoi occhi sembrano di vetro, come se la luce si fosse spenta, o se a volte mi pare di smarrire il senso e non resta che la fatica. Perché, sí, ho scoperto che si può abitare un amore anche da soli, in attesa di pochi, fugaci e imprevedibili bagliori. E quando anche gli ultimi cesseranno, resteranno i miei ricordi. Basteranno per entrambi.

Ci sono giorni in cui Ada scompare del tutto. Mi scambia per un dottore, per un infermiere, piú spesso per un estraneo che deve guadagnarsi la sua fiducia, anche se la perderà un attimo dopo. Poi d'un tratto mi prende la mano e mi dice: – Grazie.

Ce ne sono altri in cui la sua mano indugia provocatoria altrove, e io sorrido del suo fuoco fuori tempo, della sua dolce spudoratezza che riaffiora da chissà quali abissi, da chissà quali ricordi, e non la fermo. Mi piace l'idea di questa complicità clandestina, che mi sembra pareggiare, almeno in parte, il resto. Quel resto di cui per fortuna lei non sa. Di quando la devo pulire, di quando devo avere a che fare con l'intimità della sua figura, lavarla davanti e dietro, occuparmi di quel corpo che è stato per lunghi anni strumento di estasi, di contemplazione, che ho sempre affrontato da amante, e che oggi invece accolgo in tutta la sua fragile miseria, quel corpo che per me non ha piú segreti, di cui conosco ogni piega, ogni piaga, ogni fluido, ogni insenatura.

Nei rari momenti di lucidità, se accadono durante le mansioni igieniche, lei si vergogna quando capisce che io sono io. Ma non si imbarazza se mi crede un badante o un professionista sanitario. Questo, lo confesso, un po' mi rinfranca, perché il pudore di sé è un sentimento che abbiamo principalmente nei confronti di chi amiamo, davanti a quelle persone che, nonostante tutto, continuiamo a ritenere degne del nostro meglio, anche se spesso la vita ci mette di fronte al contrario.

Poi ci sono le volte in cui torna ragazza, senza spiegazione, sono attimi che giungono inaspettati, ombre di ricordi lontani, nostalgie di desideri mai espressi.

Ieri pomeriggio, per esempio, le stavo asciugando i capelli, Ada mi ha guardato e ha detto: – Tu ce l'hai mica, una macchina?

– Certo, – le ho risposto.

– Allora mi porti da qualche parte a fare l'amore? – ha aggiunto. – Qui c'è il rischio che ci scopra mia madre.

– Ada, – le ho sorriso. – Io sono un uomo sposato.

Lei è arrossita come un'adolescente, si è messa entrambe le mani sul viso, tenendosi coperti gli occhi ha detto: – È una donna fortunata.

Allora mi sono avvicinato piano, ho poggiato le labbra sulla sua guancia, ho percepito il tremore nell'attimo del contatto.

– Sono piú fortunato io, – ho sussurrato, mentre lei arrossiva ancora.

Solomon

(Questa vita è la mia canzone)

Mi chiamo Solomon Omobude.

La mia piú grande paura è l'acqua.

Dove sono nato non c'erano piscine in cui nuotare, il mare era troppo distante, l'acqua buona si usava per lo stretto indispensabile, quella cattiva cadeva feroce dal cielo dopo la stagione secca, causando alluvioni, seminando distruzione. Quando, da bambino, mio cugino Patrick mi portò a vedere il fiume Niger, ne ebbi un'impressione terribile: sembrava una bestia acquattata in attesa di azzannarmi. Non credevo potesse esserci niente di peggio. Mi sbagliavo.

Sono partito dal mio Paese quattro anni fa, per sfuggire alle persecuzioni di Boko Haram.

Mia sorella è saltata per aria in una chiesa. Mia madre e mio padre sono morti bruciati nella nostra casa, data alle fiamme mentre io ero all'università.

Cosa fa un uomo quando non gli resta piú niente, a parte il terrore di finire ucciso? Cerca di mettere una distanza tra sé e la morte, tutto qui. Ecco perché, quando Patrick mi ha parlato del suo progetto di raggiungere l'Italia, ho deciso di partire con lui.

– Dovremo attraversare il mare, – mi ha detto.

Di fronte alla mia angoscia, mi ha spiegato che non c'erano alternative.

– Non ti daranno mai il visto, – diceva, – anche se sei un ingegnere laureato, per loro non significa niente.

Ho scoperto piú avanti quanto avesse ragione.

Abbiamo attraversato due Stati, poi il deserto a piedi, assieme a noi una trentina di ragazzi. Sette sono morti, stremati per quanto avevano camminato. Tre per le conseguenze della dissenteria. Giunti in Libia, pensavamo che il peggio fosse passato. Sbagliavamo.

Ancora oggi, non voglio ricordare i mesi di prigionia trascorsi nel centro di detenzione. È stato lí, per gli spaventi vissuti, che i capelli mi sono diventati bianchi: ho visto la vita umana ridotta a niente. Sono rimasto vivo solo grazie a Patrick e al pensiero che, forse, un giorno saremmo riusciti a partire.

Non scorderò mai, invece, quasi un anno piú tardi, le sette ore di buio della traversata, in mezzo a un nero schiumante e furioso. La bestia non era piú acquattata, adesso, ma balzava contro di noi, schiantandosi sulla prua, colpendomi con zampate sempre piú forti.

Eravamo quasi in cento, su quel gommone che a quaranta chilometri da Lampedusa ha cominciato a imbarcare acqua. È affondato poco per volta, tra schiaffi di un fragore mai sentito, il mare in gola e negli occhi, nel naso, il sale nelle orecchie. In diversi non ce l'hanno fatta. Non per la temperatura gelida, non per le frustate delle onde: perché non sapevano nuotare. Proprio come me, proprio come Patrick. Perché il destino abbia deciso di trascinare a fondo solo lui, e non entrambi, non lo saprò mai. L'ho guardato impotente sparire inghiottito dal mostro d'acqua, e pochi attimi dopo il peschereccio che ci avrebbe salvati è avanzato verso di noi.

È stato come vedere l'inferno e le mani di Dio arrivare insieme.

I pescatori ci hanno tirati su, mentre io continuavo a gridare inutilmente il nome di mio cugino.

Siamo sbarcati nella notte, ci hanno identificati e medicati. Ci hanno infilati in un centro di smistamento sovraffollato, prigionieri ancora. Ognuno con la sua storia, ciascuno con la sua tragedia, tutti con le nostre perdite e le nostre cicatrici, visibili o no.

Una sera, proprio al centro, è apparso in tivú un uomo che parlava di chi tenta di lasciare la Libia, diceva che è ora di affondare i barconi dei migranti, che i clandestini e gli immigrati che non fuggono da guerre vanno lasciati al largo. Usava le varie definizioni come fossero sinonimi di criminale, anche se al tempo non lo capivo bene. Invece immigrato, migrante, rifugiato, clandestino sono termini diversi, e a seconda di quale scegli puoi leggere una storia differente, puoi mutare destini. Perché alcune di queste parole dicono dell'uomo, del suo percorso e dei suoi bisogni, dei suoi desideri. Altre lo raccontano solo come minaccia o problema.

Dopo aver lasciato la Sicilia, ho passato otto mesi in un centro di accoglienza straordinaria al Nord, in attesa che una commissione valutasse la mia richiesta di asilo. Lavoravo quando capitava, a chiamata. Raccoglievo frutta come stagionale, scaricavo casse al mercato. Non potevo fare l'ingegnere, perché nessuno vedeva la mia professione. Non la vedevano perché il colore della mia pelle, la mia condizione, l'estenuante burocrazia arrivavano sempre prima.

Me ne sono andato ancora, ho abbandonato il centro, perché stava diventando una nuova gabbia. Con me pochi oggetti e una bicicletta usata, alla ricerca di non so neanch'io quale fortuna. Forse volevo solo che accadesse qualcosa di diverso.

Ho dormito in tante stazioni, su innumerevoli marciapiedi. Invisibile. Impossibile avere un lavoro stabile. Impossibile avere una casa mia.

Poi, un giorno, sono tornato visibile all'improvviso.

Era una sera dell'inverno scorso, stavo rientrando in città in bici, il temporale mi aveva sorpreso e pioveva a dirotto. La Bmw nera è sbucata dall'incrocio, troppo veloce sulla curva. L'ho guardata terrorizzato sbandare nella stradina deserta: è rotolata tre volte su sé stessa, infine l'ho vista schiantarsi contro un pilone di calcestruzzo.

L'uomo e la donna sono volati fuori, cadendo nell'erba bagnata, sull'argine di un fosso, come bambole di pezza.

Per l'uomo non c'era niente da fare, ormai sapevo riconoscere un morto quando lo vedevo. La donna, invece, era riversa con le gambe immerse nel fosso, la furia dell'acqua rischiava di portarsela via. Per un attimo l'antica paura mi ha frenato, ma non ero piú un bambino, adesso. E quello non era il Niger, e nemmeno il mare in tempesta.

La donna si muoveva piano, una mano sulla pancia. Avevo visto molte donne tenersi la pancia a quel modo. Ho capito in fretta che le vite da salvare erano due. Mi sono avvicinato, mi sono chinato su di lei, l'ho trascinata al sicuro.

– Stai tranquilla, – ho detto. – Adesso chiamo l'ambulanza.

Lei ha annuito, io ho composto il numero ma il cellulare non prendeva. Conoscevo la zona, come avevo fatto a non pensarci. Sapevo che era cosí per almeno altri cinque chilometri. Non c'era scelta.

– Ti prometto che torno subito, – ho detto alla donna. Le ho accarezzato il viso.

Ho preso la bici e mi sono messo a pedalare sulla stradina, come un pazzo nel buio, continuando a controllare le tacche sul telefono. Dopo dieci minuti ne è apparsa una, ho deciso che era sufficiente per un tentativo, ho chiamato mentre continuavo ad andare. Mi hanno risposto al quarto squillo.

L'ambulanza è arrivata poco dopo di me. Ci hanno trovati nell'erba, i rottami che fumavano ancora nonostante la pioggia, io che tenevo la mano della donna.

– Mi chiamo Marika, – ha detto con un filo di voce.

– Ciao Marika, io sono Solomon, – ho detto. – Non ti lascio morire.

Sono riuscito a mantenere la parola.

La notizia del salvataggio è apparsa sui giornali, un paio di cronisti mi hanno intervistato, non sapevo nemmeno come avessero fatto a trovarmi. Mi hanno chiamato eroe, un uomo con un coraggio d'altri tempi. Io avrei voluto dir loro che non avevano idea di cosa fosse il coraggio vero. Perché io lo so. Perché io l'ho visto.

Un giornalista mi ha candidato per un'onorificenza, ha scritto che se non vengono premiati i gesti virtuosi, quelli di chi entra nel Paese per rendersi utile, allora non cambierà mai niente. Il suo articolo è stato molto letto, discusso. Ne hanno parlato persino in tivú.

Quando la proposta è arrivata non volevo crederci.

«Permesso di soggiorno per merito civile». Non sapevo neanche esistesse.

Mi hanno dato modo di parificare la laurea nigeriana a quella italiana, con soli due esami aggiuntivi. Mi è stata offerta la possibilità di esercitare la professione per cui avevo studiato.

Ora lavoro in un'azienda di qui, ho un ufficio assieme a un altro ingegnere, uno stipendio, mi hanno assegnato un piccolo appartamento in una palazzina d'epoca. Al piano di sopra abita una coppia di anziani, ogni tanto li aiuto perché lei è malata e il marito, da solo, fa un po' fatica. Lei mi ricorda mia madre, io in certi momenti le ricordo suo padre. Non potrei esserlo, naturalmente, visto che la signora ha molti anni piú di me, ma non glielo dico. Anche mentire, a volte, può essere un modo per salvare le persone.

È stato un nuovo principio, di cui sono grato a Dio. Gli sono grato per avermi messo su quella strada, quella notte, per avermi offerto il privilegio di non far morire quella donna. Ma mi sono chiesto, anche, perché la possibilità di stare in Italia mi sia stata fatta vivere quasi come una specie di premio. Un'eccezione virtuosa.

Consentire a un uomo di andare in un altro Paese, di cercare un futuro migliore, di sfuggire ad atrocità e soprusi, di avere almeno una chance, non dovrebbe essere la normalità? E i miei amici, che quella sera non erano in bici con me? Che hanno mancato l'occasione? Che non hanno avuto l'opportunità di soccorrere nessuno? Non hanno forse lo stesso diritto alla vita?

Qualcuno di loro ogni tanto lo rivedo, se passo vicino alla stazione o attraverso il parco. Certi hanno fatto una brutta fine, ma è stata la diretta conclusione di un pessimo inizio.

– Dacci qualcosa, Solomon, – mi dicono se mi incrociano, e io faccio quel che posso.

Ciò che piú mi dà fastidio sono i bianchi che ora, all'improvviso, sono orgogliosi di conoscermi, che vogliono diventare miei amici, che mi presentano a qualcuno e dicono: – Ti ricordi di lui? È quello che ha salvato la ragazza incinta dall'auto in fiamme –. Lo dicono anche se le fiamme non ci sono state, ma fa gioco alla loro storia e io non gliela rovino.

I ragazzi del quartiere, la sera, quando rientro in bici dall'ufficio, mi chiamano «vecchio Soul». Mi hanno dato il soprannome per via dei capelli bianchi. Io non glielo dico, che ho solo ventinove anni.

A volte il signor Arnaldo mi chiede se, adesso che sono in Italia, sono felice. Io gli rispondo di sí per non offenderlo, ma la verità è che non lo so. Cioè, sono contento di essere vivo, e so bene di essere fortunato, ma la felicità, per chi come me ha attraversato piú inferni, è una possibilità a cui si smette di pensare.

Un proverbio africano dice che gli uccelli cantano non perché hanno risposte ma perché hanno canzoni. E io faccio cosí. Canto perché sono qui, perché questa vita è la mia canzone, perché non ne avrò un'altra. Non credo ci sia molto di piú.

Però ieri, per una volta, la domanda me l'ha fatta Ada. Mi ha guardato con i suoi occhi senza tempo, mentre la stavo tirando su, ha detto: – *Frutat*, ma tu sei felice?

Arnaldo e io ci siamo fissati, non capivamo da dove venisse quella curiosità, non era possibile sapere con chi stesse credendo di parlare Ada nella sua immaginazione, ma davanti a lei c'ero io. Allora ho risposto.

– Ada, – ho detto, – quando sono a casa e sento salire un temporale io scendo in giardino, oppure esco in strada. Mi piace vedere l'improvvisa fretta delle persone, la danza degli alberi, in lontananza le luci nel cielo che si avvicinano.

– E quando il temporale arriva? – ha detto lei. – E comincia a piovere forte e sbatte tutto?

– Quando inizia a piovere forte io mi siedo sulle scale. Chiudo gli occhi, ascolto la tempesta in silenzio e mi ricordo che in un giorno uguale a quello il destino mi ha permesso di salvare due vite, quindi la bestia non è sempre cattiva. Poi penso: adesso sei al sicuro, Solomon, la paura non è piú tua nemica, – ho detto. – Ecco, allora sono felice.

Antonio

(Un uomo non può pensare solo a quello)

Un anno prima che iniziassi a tradirti mi dicesti che «un uomo non può pensare solo a quello».

La frase fu pronunciata sottovoce, in una sera di giugno, dalla finestra socchiusa entrava un vento caldo che circolava nella stanza, anticipando l'acquazzone che sarebbe arrivato. Nostra figlia, dopo la poppata, dormiva nella sua cameretta, tu mi davi le spalle nel letto, stavi guardando un video sul telefono: io ti accarezzai la spalla, la mia mano percorse la tua schiena e scese lenta in basso.

– Un uomo non può pensare solo a quello, – dicesti mentre mi scostavi la mano, a metà tra il fastidio e il sarcasmo, facendomi sentire un essere animato da istinti arruffati e sconvenienti solo perché il tuo desiderio, in quel momento, non coincideva col mio. – E poi si è appena addormentata, dài.

Ricordo che riuscii a considerare, in quella sera come in molte altre in seguito, che in passato erano stati proprio i miei pensieri sconci e inopportuni, al tempo evidentemente condivisi – il fatto che io bruciassi di continuo dalla voglia, le mie mani sul tuo culo, i tuoi morsi sul mio collo –, a portarci la bambina che amavamo tanto. E che la nostra storia era divampata grazie a serate e pomeriggi a farlo ovunque, nascosti in auto, sdraiati nell'erba in collina, appoggiati al portone di casa tua, nel bagno dell'*Osteria del Dindo* (le risate quando la signora bussò per chiedere se era occupato e tu rispondesti: «Sí, lo è molto» e lei che se ne andò scandalizzata), la pura gioia del sesso ingenuo, pericoloso e sfrenato. Tutte cose che pochi anni di matrimonio sembravano aver offuscato con una nebbia densa, calata fra noi senza preavviso.

Lo facevamo ancora, certo, a intermittenza e spesso rapidi e stanchi: tu ti concedevi se ritenevi fosse passato troppo tempo, forse per evitare di sentirti colpevole, o di far sentire colpevole me, perché non ci saremmo mai perdonati di naufragare nella fatica dei giorni come una coppia di quelle che avevamo giurato di non diventare mai (lei sopraffatta dalle aspettative sociali della maternità, persa nelle recriminazioni, lui intossicato dalla carriera, dalle sue illusioni e dalle inevitabili cadute). Ma, dopo, era ogni volta come riprendere il nostro viaggio da soli. Io tornavo a essere il padre di tua figlia e quello che scompare la mattina, inghiottito dai troppi appuntamenti, alla ricerca di un senso e di un valore *misurabili*, e tu ricominciavi a covare un rancore sordo, come se qualcuno ti avesse imbrogliata sulla merce.

Il sesso era un modo per restare in contatto con te, con noi, il ponte che provava a tenere insieme la nostra lenta deriva, che ci ricordava chi eravamo. O, almeno, questo è ciò che mi raccontavo. Per te invece era proprio il sintomo di quel che ci stava allontanando, la pretesa di un contatto senza piú progetto, un'attività che ti faceva sentire puro strumento, attraverso un corpo che non riconoscevi neanche piú come tuo: la lunga cicatrice del parto che ti coprivi con la mano mentre lo facevamo, l'incontinenza che la gravidanza ti aveva lasciato in dono, le ragadi sui capezzoli a causa dell'allattamento, l'insopportabile avvicendamento, a distanza di pochi minuti, fra il tuo seno di madre e le tue tette di amante, tutto ciò che – mi confessasti una sera – ti faceva vivere come se la promessa che ci eravamo scambiati si fosse ridotta all'erogazione di due servizi: uno a nostra figlia e uno a me. Una vita *a disposizione*, ti sfuggí. Non dev'essere stato facile. Come non era semplice, per me, sentire la mia eccitazione sminuita, scartata, e di giorno ascoltare Edoardo in ufficio che si lamentava del contrario: sua moglie che voleva farlo di continuo, anche dopo il bambino, e lui che a volte si sentiva sopraffatto, quasi infastidito dagli agguati di lei, dalle sue pressanti richieste che non riusciva piú a gestire, che lo facevano sentire una specie di mezzo uomo che si sottraeva ai doveri coniugali.

– Ce le dovremmo scambiare per un po', – disse una mattina scherzando, durante la pausa caffè, ignaro del sessismo della sua uscita, come se tu e lei foste due proprietà intercambiabili. Mentre io non volevo che te: sognavo di salvarti con un bacio lunghissimo, appassionato, come facevano i principi delle favole prima di tutto questo revisionismo inutile. Avrei voluto tornare a essere, per magia, il tuo primo amore scavezzacollo, il ragazzo poco raccomandabile che avevi conosciuto anni addietro, invece di un marito deludente che ti faceva sentire amata male.

Ma si può deludere qualcuno perché lo si desidera troppo?, mi chiedevo nelle notti passate a guardare il soffitto. Forse si può quando il desiderio non ascolta, quando non è piú orientato su chi ha di fronte, ma usa quella persona per alimentare un'ossessione di cui è schiavo senza neanche saperlo. Non sono tanto i millenni di biologia che t'infiammano i lombi, ma gli insegnamenti incisi nella tua discendenza maschile, che hanno definito un immaginario erotico ineludibile: l'uomo che deve ardere di passione, renderla manifesta, dimostrare la sua efficienza, generazioni di maschi devastati da una sessualità idraulica inflitta a indulgenti spose dagli occhi chiusi. Perché quando si sfilaccia la sintonia è proprio allora che ci aggrappiamo ai ruoli già scritti, ai retaggi, invocandoli come alibi per i nostri comportamenti. Ti desideravo davvero? O volevo solo aderire a un'aspettativa?

Ricordi la notte in cui mi dicesti, dopo un rapporto: «A volte ho l'impressione che me o un'altra, per te, non farebbe differenza»? Quanto mi sono sentito ferito per quell'amarezza sincera nella tua voce. Ma quanto hai avuto ragione. Non è vero che volevo solo te. Volevo solo me, attraverso te. Infatti te o un'altra, alla fine, non ha fatto differenza per niente.

Del resto, un uomo educato a sentire sempre il fuoco come poteva trovarsi bene in un'esistenza che conteneva due mutui e la scelta del frigorifero americano con il congelatore capiente e il divano in tinta con le pareti e la tua stitichezza e la mia colite e la sesta malattia e i lavaggi nasali e le chiamate alla pediatra la mattina presto e le domeniche a pranzo dai tuoi e le passeggiate in montagna e la moto sempre in garage? Come poteva una promessa resistere allo smantellamento progressivo di ogni fotogramma, di ogni immaginario, di ogni idea di ciò ch'eravamo stati?

E allora c'è chi si prepara alla fine iscrivendosi in palestra, chi dimenticando di continuo il sugo sul fornello e facendo bruciare tutto, chi cambiando taglio di capelli, chi adocchiando una nuova possibilità amorosa. C'è chi si accontenta della lusinga, della speranza, se la fa bastare. Poi ci sono quelli che alle sole speranze e lusinghe non credono, vogliono di piú, vogliono la prova. Ci sono quelli come me.

Che uomo banale, vero?

Ti ho tradito perché volevo ritrovare la sensazione di sentirmi desiderato solo per queste mani e queste braccia e questo cazzo e per il mio sudore, perfino, come gli animali che si riconoscono dall'odore, e non per il passato insieme o per il nostro percorso condiviso. Volevo tornare a essere amato nella fatuità del presente, senza alcuna promessa. Senza ricordi. Senza progetto.

La storia la conosci, perché l'hai scoperta nel modo peggiore: il mio corpo e il suo sono stati trovati sbalzati fuori dall'auto, lontani pochi metri. Il mio con una lamiera di quaranta centimetri conficcata nel ventre, il suo, malconcio ma miracolosamente quasi illeso, sull'argine di un fosso, trascinato al sicuro da quell'uomo che poi ha chiamato i soccorsi. È cosí che hai scoperto che ti tradivo con lei, è in questo modo che tutto è venuto a galla. Proprio nella sera in cui avevo deciso che sarebbe finita, che era l'ultimo incontro, mentre stavo rientrando a casa per restare, stavolta per sempre. Il destino però non ha voluto lasciarmi andare senza un morso. Solo che quel morso è stato fatale.

Sono morto da quattrocentosettantadue giorni, e da quattrocentosettantadue giorni mi manca il non essere riuscito a tornare da te. Per rivelarti la sola cosa che ho infine capito, anche se per comprenderla c'è voluta la miseria di un inganno, e la distruzione di un altro sentimento: tradire la nostra promessa era tutto ciò che avremmo dovuto fare.

Perché le promesse sono statiche, mentre la vita si muove. Avremmo dovuto cercare di cambiare insieme, seguirci o aspettarci, accompagnarci, anziché sentirci derubati perché, giorno dopo giorno, ci rendevamo conto di non avere piú davanti chi avevamo creduto. È che nel matrimonio si sviluppa presto un codice, un copione, ma non sei mai sicuro se stai partecipando allo stesso spettacolo, o se questo sia stato modificato di punto in bianco, senza che il partner te lo abbia detto. D'un tratto, le battute che conoscevi non funzionano piú. E allora cominci a scappare, a ritrarti, proprio quando servirebbero nuove parole, nuove inquadrature.

Il fatto è che crediamo alle favole, maledizione, a tutte quelle storie che l'amore sia sentirsi sempre a mille, e le farfalle nello stomaco, e la voglia dell'altro addosso come una febbre e tutto il repertorio. Non riusciamo a sopportare quando le emozioni si allentano, quando non c'è sufficiente intensità. Perché da sempre si canta l'ardore dell'incontro, ma nessuno ti dice quel che viene dopo, e cioè che un matrimonio è fatto di centinaia di giorni tutti uguali, giorni di piccoli gesti invisibili e di attese e di abbandoni immeritati e ritrovamenti inaspettati, senza alcun clamore, in cui devi accettare anche i momenti di silenzio in cui ti sembra che non stia succedendo niente. Ma quel silenzio è solo ciò che prepara il tuo meglio. Quell'attesa è solo ciò che testimonia il tuo amore. Invece abbocchiamo a un'idea facile di felicità, ci convincono che la passione stia nell'incendio che divampa e non nel tepore del sole seduti sulle scale.

Soltanto adesso che sono morto capisco ciò che avevamo, pure se non lo sapevamo. È che dopo la vita non ci aspettiamo che il buio, ma in quel buio le cose si vedono molto piú chiaramente. Si vedono anche i rimpianti. Vedo anche il tuo coraggio.

Il risentimento dopo la scoperta della mia infedeltà ti ha aiutata a rimetterti in piedi, hai dovuto demolire perfino il mio ricordo e io ne sono contento, perché alimentarlo avrebbe portato con sé l'odio, e l'odio sarebbe stato una catena troppo pesante, che ti avrebbe impedito i movimenti. Invece quant'è bello vederti con nostra figlia al parco, e com'è incredibile che tu sia riuscita a diventare amica della persona che piú dovresti detestare. Proprio colei che – ma questo l'ho saputo tardi anch'io – portava in grembo una nuova figlia. Tu e l'altra, chi l'avrebbe mai detto? Due donne che, superati il rancore e l'ostilità iniziali, sono riuscite a riconoscersi nello stesso dolore, nello stesso tradimento, uguale ma diverso – tu moglie ingannata, lei amante usata e dismessa. E com'è strano che l'uomo sbagliato per entrambe sia riuscito involontariamente a legarvi, come due fili d'erba calpestati dallo stesso piede, ma comunque cresciuti piegati fra le pietre.

Ora che non devo piú preoccuparmi dello stato delle cose, che non ho alcuna aspettativa, che non devo pensare a domani o all'anno che sarà, adesso che non ho piú bisogno del futuro come uno scopo né del presente come una rivincita, posso abitare allo stesso tempo la colpa di averti persa e la bellezza di vedervi vive.

Ora che saprei passare intere settimane solo a sfiorarti una spalla, a indugiare paziente sui tuoi capelli, con la consapevolezza che questo mi basterebbe per sentire l'intero universo sulla punta delle dita, non ho piú le mani per farlo, ma ho finalmente le parole per dirlo. Perché i morti parlano tantissimo, anche se nessuno li ascolta, sai? Forse sperano che i loro inutili pensieri diventino nutrimento per la terra assieme alle loro ossa fragili, ai loro occhi senza piú luce, ricordi in dissolvenza, canzoni portate dal vento, semi o radici per mondi alternativi.

In uno di questi c'è un uomo che ha saputo fermarsi in tempo.

Un uomo che non aveva obiettivi da raggiungere o vanità da alimentare o retaggi a cui ubbidire. Che di colpo ha avuto la sensazione che ogni cosa fosse come doveva, che niente si potesse aggiungere all'apparente modestia della sua felicità. Era tutto ciò che c'era, era tutto quel che ci poteva essere.

– Senti che vento, – direbbe l'uomo abbracciando sua moglie da dietro, mentre sono a letto, in una sera di giugno, lei sta guardando un video senz'audio sul telefono, è esausta dopo avere allattato.

– Sí, – direbbe lei.

– Chiudo la finestra? Ti dà fastidio l'aria? – chiederebbe lui.

– No, aspettiamo la pioggia.

E aspetterebbero, ecco il *tlac* della prima goccia sulla grondaia, la seconda e la terza a seguire, quindi lo scroscio improvviso, tutto insieme, come se qualcuno avesse spalancato una porta, l'acqua che scenderebbe dritta, il profumo di asfalto bagnato, senti che musica, adesso la chiudo la finestra?, direbbe lui, e lei risponderebbe: non fare niente, stai solo qui con me.

E l'uomo starebbe lí, e non farebbe niente, e la pioggia continuerebbe a cadere, e poi forse lei si volterebbe verso di lui, oppure no, non farebbe differenza, tanto avrebbero ancora tutto il tempo che serve.

Edoardo

(Cavallucci marini)

Quando era piccolo, Edoardo abbinava al suono del suo nome la parola «rinoceronte».

Non c'era una spiegazione razionale, gli sembrava che fossero due termini simili. E gli piaceva pensarsi come un rinoceronte, sentiva di essere forte come lui.

Forse per quello aveva trascorso i primi tredici anni della sua vita facendo a botte con tutti: i fratelli, i compagni di scuola, gli amici. Il confronto fisico era il suo modo di stabilire un limite.

– Edoardo parla con le mani, – diceva rassegnata la maestra ai genitori.

La mamma sospirava, il papà invece – anche se non poteva ammetterlo a voce alta – ne andava fiero. Pure suo padre era un rinoceronte, Edoardo lo sapeva, e sua madre aveva sfornato quattro rinoceronti come lui.

Con l'adolescenza Edoardo si era dato una calmata, perché i suoi lo avevano iscritto a talmente tanti sport che non gli restava l'energia per menare qualcuno. Con lo sport aveva imparato a focalizzare, a sopportare lo sforzo. Aveva abbandonato subito il calcio in favore del rugby, ma non aveva voluto mollare la squadra di hockey su pista, accumulando allenamenti su allenamenti. Il timore dei genitori era che non si concentrasse a sufficienza nello studio.

Invece, sorpresa, ce la faceva eccome. La stanchezza lo aiutava misteriosamente laddove, per la maggior parte dei suoi coetanei, rappresentava un ostacolo. Il corpo gli chiedeva tantissimo, bruciava energia come una fornace, Edoardo era diventato un ragazzone di quasi un metro e novanta, le spalle larghe e le ossa grosse, con in regalo i lineamenti di sua madre, gli occhi dolci e intensi. In prima superiore, già gli venivano dietro quelle di terza. Ma lui non aveva tempo, doveva allenarsi, doveva diventare ancora piú forte.

Ci era arrivato tardi, al sesso, e alla consapevolezza che gli faceva un po' lo stesso effetto di una sessione di pesi, o di un pomeriggio passato sul campo da gioco. Dopo, aveva la mente sgombra, vuota, studiava e imparava subito la lezione, senza quasi dover ripassare. Fu un periodo d'oro, per lui. Quando non correva stringendo una palla ovale, o non volava sui pattini con una mazza in mano, Edoardo si rotolava nei prati, oppure si incastrava sul sedile posteriore di un'auto, con la ragazza di turno. Niente relazioni stabili, avrebbero richiesto troppa attenzione, sottratto troppe risorse, non ne sentiva la necessità. Si era messo in testa che, dopo il diploma, avrebbe frequentato l'università con profitto. Sarebbe stato il primo rinoceronte laureato in famiglia.

E fu proprio allora, a vent'anni superati da poco, con la lucidità spietata che lo aveva convinto a tenere solo il rugby per dedicare il resto delle ore alle lezioni, e quel che rimaneva a rapporti intermittenti, senza futuro, che conobbe Sabina.

Frequentava il suo stesso anno, con una media di esami e di voti spaventosamente alta. Snella, atletica, anche lei una sportiva, si diceva che avesse avuto solo due relazioni durature, niente botte e via. Edoardo era del tutto fuori dai parametri, per lei. Non lo poteva vedere.

Il giorno in cui le chiese di uscire per la prima volta, gli rispose con un secco: «No».

Lui prese a farle una corte garbata, gentile, lei gli disse infastidita di smetterla. Allora Edoardo rilanciò con un corteggiamento serratissimo, un pressing inesausto: dove andava lei, andava lui. Iniziò a frequentare gli stessi locali, a farsi trovare lí apparentemente per caso, si iscrisse alla stessa palestra e persino agli stessi corsi di *hiking*, che aveva sempre considerato uno sport noiosissimo.

Sabina lo ignorò a lungo, per un certo periodo quasi lo derise, cercò perfino di accoppiarlo con un'amica, pur di levarselo di torno. Ma qualcosa, dentro di lei, anche se non lo avrebbe mai ammesso, aveva fatto breccia. Ne ammirava l'inesauribile tenacia, la determinazione, il fatto che Edoardo non si fosse mai perso d'animo nemmeno di fronte al pesante sarcasmo che gli aveva riservato. E non si poteva certo dire che fosse un brutto ragazzo, anzi. Decise di dargli una possibilità.

– Se provi a farmi soffrire... – lo minacciò alla prima uscita.

– Con tutta la fatica che mi sei costata? – rispose lui.

Fu uno scontro tra titani.

Edoardo era sportivo, Sabina molto di piú, Edoardo era ambizioso, Sabina di piú. Edoardo amava il sesso il giusto, Sabina invece non ne aveva mai abbastanza. Si alimentavano e si consumavano l'un altra, alternatamente falena e fiamma. Si scoprirono fatti per stare insieme molto piú di quanto avrebbero mai immaginato. Si sposarono a poca distanza dalla laurea, entrambi avevano cominciato a lavorare per due ditte diverse, dopo l'ufficio andavano ad allenarsi, e non appena rientravano Sabina gli saltava subito addosso. Lui non si tirava indietro.

Erano felici e sapevano di esserlo.

Di figli avevano già parlato. Lei non voleva bruciarsi la carriera, ma non avrebbe rinunciato per questo a diventare madre. Lui avrebbe voluto farne tanti da mettere su una squadra di calcio. Concordando con il titolare i mesi di congedo, forte di aver consolidato il proprio ruolo all'interno dell'azienda, Sabina rimase incinta due anni dopo il matrimonio.

Gli amici prendevano in giro Edoardo, gli dicevano che la pacchia era finita, che adesso la vita vera gli avrebbe presentato il conto. Soprattutto Antonio, che dopo la nascita della figlia aveva visto la libido della moglie spegnersi, mentre la sua aumentava a dismisura. Ma Edoardo scrollava le spalle, le loro vite erano e sarebbero state diverse. Antonio non era un rinoceronte, lui sí. E i rinoceronti hanno energia per lo sport, per il lavoro, per Sabina, e pure per la loro futura squadra di pallone. La paternità non lo spaventava, lo galvanizzava. Era solo l'ulteriore meta a portata delle sue gambe forti.

Dipinse la stanzetta del bimbo che sarebbe nato a marzo, la fece a tema sportivo: i personaggi Disney che giocavano a calcio, basket, rugby. Accettò di chiamarlo Nicola, come l'amato nonno di Sabina, con l'intenzione però di abbreviarlo presto in Nico, come il personaggio interpretato da Steven Seagal negli *action movies* che suo padre gli faceva vedere da bambino.

Quando Nicola nacque, Edoardo in sala parto non si perse un attimo, un respiro, mentre con un sorriso ebete e il cuore che gli scoppiava filmava quella venuta al mondo.

– Datemelo, voglio tenerlo io, – disse tendendo le mani un secondo dopo.

– Prima si sieda, per favore. E metta via il cellulare, – lo rimbrottò un'ostetrica.

– Ma mica lo faccio cadere! Non mi è mai sfuggita la palla, figuriamoci se mi faccio sfuggire mio figlio, – rise lui.

Alla fine accettò di sedersi e glielo adagiarono in braccio.

Era un cosetto piccolo piccolo con un ciuffo di capelli in cima alla testa. Lo guardò a lungo, si perse nei suoi occhi, decise che gli avrebbe dato un anno di tempo per tirarsi in piedi, poi avrebbe iniziato a farlo volare, assieme a lui, sul trampolino che aveva appena messo in cortile. Non si commosse, era solo felice, in un modo che mai gli avevano raccontato, che mai sarebbe riuscito a figurarsi. Ora la sua vita era quasi completa. Mancavano solo altri dieci figli.

I risultati delle prime visite a Nico, però, allarmarono il pediatra.

Il bambino apparentemente era forte, in salute, ma cominciarono presto a manifestarsi piccoli lividi sugli arti. Un ginocchio prese a gonfiarsi. Sabina era tesa, Edoardo invece rideva, le diceva: – Noi rinoceronti siamo cosí, gli incidenti sono nella nostra natura.

– Si tratta di emofilia di tipo A, – disse il pediatra dopo tutti gli accertamenti. – Una forma piuttosto grave e precoce.

Il sangue di Nico non si coagulava come avrebbe dovuto. Non avrebbe potuto prendere botte, ferirsi, procurarsi alcuna lesione, esterna o interna che fosse. O avrebbe ogni volta rischiato la vita.

Avrebbe dovuto seguire un trattamento, fatto di infusioni e farmaci specifici. Per sempre. Comunque andasse, non sarebbe mai guarito.

Sabina pianse a lungo. Poi si rimboccò le maniche e imbottí la casa di cuscini, protezioni, paracolpi, perché il suo bambino fosse in un ambiente sicuro. Non avrebbero avuto animali, naturalmente – avevano previsto un cane, abbandonarono l'idea –, e soprattutto non avrebbero messo al mondo fratelli, né sorelle, fino a quando Nico non avesse compreso la propria condizione e avesse imparato a proteggersi.

Edoardo osservava questo tornado di cambiamenti dal divano, facendo andare avanti e indietro la carrozzina con dentro Nico che dormiva.

Era annichilito.

Aveva lí suo figlio, tanto desiderato, tanto voluto, tanto immaginato, e adesso aveva paura di toccarlo.

– Fai piano! – gli diceva Sabina.

– Fai piano! – gli ripeteva sua madre.

– Fai piano! – era arrivato a dirgli anche suo padre, il capostipite dei rinoceronti, che quando Edo era piccolo lo afferrava sotto le ascelle e lo lanciava in alto, e che ora per prendere il nipote in braccio si metteva due guanti da forno.

Niente trampolino, quindi.

Niente rincorse in giro per casa, niente lotte con i cuscini sul lettone, niente pallonate, nessuna tortura del solletico. Nico andava trattato come fosse di vetro, e Edoardo il vetro non sapeva maneggiarlo. Non ricordava un istante della sua infanzia né della sua vita di adulto in cui il corpo, la fisicità, il contatto, le strette non l'avessero fatta da padroni, nessuno gli aveva insegnato un altro modo per rapportarsi con gli esseri umani. Figuriamoci con i bambini.

Sabina, al contrario, era bravissima. Aveva comprato tanti giocattoli morbidi, e giostrine di carta, inventava scherzi fatti con l'aria di un ventaglio, bolle di sapone e spruzzi d'acqua. Edoardo assisteva, ridendo con il suo vocione, ma non appena allungava una mano Sabina lo fulminava.

– Fai piano!

Allora lui si limitava a guardare Nico, che gli regalava un sorriso sdentato, sognando l'attimo in cui se lo sarebbe caricato in spalla e avrebbero corso in giro facendo l'aeroplano.

Ma non sarebbe successo mai.

Quando finalmente veniva il suo turno di stare con lui, Edoardo prendeva Nico con le sue manone, andava a sedersi sul tappeto di finta pelliccia acquistato apposta per il piccolo, e se lo appoggiava con delicatezza in grembo, sotto lo sguardo vigile di Sabina. Di piú non osava fare.

Nico era incurante della propria malattia, com'è normale per i bambini. Prima gattonava, poi caracollava, poi finalmente camminava, ma appena provava a correre ecco che le mani della mamma, della nonna o del nonno lo afferravano al volo.

Il papà no, non interveniva mai: aveva paura di stringerlo troppo forte, aveva paura di sollevarlo con eccessiva violenza. Aveva paura. Non poteva toccare il suo bambino di vetro, lui che era un rinoceronte. E quella distanza fisica, la distanza da tutto ciò che sapeva e che aveva sempre sognato di fare, era una ferita che si allargava ogni giorno di piú.

– Quando sarà piú grande farete tanti giochi, – mentiva Sabina.

Edoardo annuiva e si infilava le mani in tasca, per mettere al riparo il suo bambino da sé. Qualche volta, di notte, mentre la moglie dormiva, andava di nascosto nella sua stanza e lo guardava. Si chinava sul lettino, lo annusava, gli sfiorava appena i capelli e sentiva un groppo in gola. Lo ricacciava giú: i rinoceronti non piangono. Era stato educato cosí.

Tutto ciò che a Edoardo era consentito era mostrare al bambino le cose che amava, ma che non potevano fare. Sintonizzava spesso il televisore su quei canali che trasmettono video di corse spericolate, tuffi dagli scogli, paracadutisti che si lanciano dagli aerei. Nico batteva le manine e rideva e a Edoardo pareva, in quei momenti, di stare compensando almeno in parte la sconfitta che sentiva.

– Guarda! – diceva a Nico.

Ma non poteva mai aggiungere: «Quando sarai grande lo faremo!» perché sarebbe stata una bugia.

Al bambino quel tempo col padre piaceva, sedeva tra le sue gambe incrociate e puntava il dito in direzione dello schermo. Visto che Sabina non aveva da ridire, su quello, guardavano insieme di tutto, in assenza di alternative, e Edoardo scoprí presto, con una certa sorpresa, che Nico era affascinato dai documentari sugli animali. Elefanti, balene, leoni, colibrí. Niente rinoceronti, però, se Edoardo ne vedeva uno cambiava canale.

Un pomeriggio toccò alla storia di due cavallucci marini, alle prese con i loro piccoli.

Edoardo non era mai stato un grande appassionato di natura, e non aveva mai trovato particolarmente toccante la faccenda che fosse il cavalluccio maschio a portare in grembo le uova e a partorire. Ma in quel documentario gli piacevano le forme, i movimenti, i colori soprattutto, indicò il televisore a suo figlio con un entusiasmo quasi eccessivo.

– Guarda quello lí verde! Guarda quello giallo! Quello è rosso, Nico, hai visto quello rosso?

Il bambino si voltò verso di lui. Lo esaminò per bene e poi lo additò.

– No, amore, non è il papà a essere rosso, è il cavalluccio marino!

Nico non si scompose e continuò a indicare il suo papà. Si avvicinò con il dito alzato e gli toccò il naso. Rise, ritirò il dito e si mise ad aspettare. Edoardo non capiva. Nico si allungò, gli toccò di nuovo il naso e aspettò ancora. Edoardo sollevò il suo, di dito, che era piú grande dell'intero naso di suo figlio, e glielo toccò. Il bambino scoppiò in una fragorosa risata. Allungò di nuovo il dito verso il padre e gli toccò il naso e un occhio. Edoardo ricambiò. Nico rise ancora. Continuarono. Il naso e due occhi. Poi naso, occhi e un orecchio. Naso, occhi, orecchie e mento. E giú a ridere. Edoardo mise una mano dietro la schiena di Nico, alzò delicato il mignolo dell'altra e gli solleticò l'ombelico. Il bambino scoppiò in una risata mai sentita prima.

Lo avevano appena fatto, avevano appena giocato insieme, a prendersi e poi a farsi il solletico. Solo, lo avevano fatto piano.

Edoardo sentí gli occhi inumidirsi, li alzò verso il televisore, cercando di ricacciare indietro il groppo, e lí vide ciò che, fino a quel momento, non era stato capace di cogliere: anche alcuni cavallucci marini hanno piccole corna sulla testa, proprio come i rinoceronti. E considerò che, chissà, forse non erano poi cosí diversi, sebbene appartenessero a due mondi apparentemente lontanissimi. Cioè, differenti lo erano, ma non nel modo che credeva lui. E forse, dopotutto, sí: sarebbe stato possibile che un rinoceronte e un cavalluccio marino giocassero insieme, sarebbe stato possibile vederli poltrire in acqua, uno sull'altro. Anzi, uno intorno all'altro. Perché lui, il rinoceronte, non doveva necessariamente essere la minaccia, poteva essere la difesa. Avrebbe solo dovuto fare come i cavallucci marini: proteggere suo figlio fino a quando non fosse stato abbastanza forte e consapevole per schiudersi alla vita, per affrontare l'oceano da solo.

Per un attimo, guardando lo schermo, gli venne in mente un'immagine un po' stramba: pensò a suo figlio come a un bambino partorito due volte.

Sua moglie lo aveva messo al mondo una prima volta, tenendolo dentro di sé per il tempo necessario. Adesso toccava a lui portarlo in grembo e farlo nascere ancora. Lui, quel mondo, gli avrebbe insegnato ad affrontarlo, restandogli attorno, come una conchiglia, anzi come la pelle dura di un rinoceronte, per filtrare tutti i pericoli troppo precoci. Nico gli avrebbe regalato la propria vulnerabilità, gli avrebbe insegnato la tenerezza, Edoardo lo avrebbe ricambiato con la sua corazza.

Nico gli toccò il naso di nuovo, con l'altro dito indicò la tivú, poi tornò da lui.

– Bà! – esplose d'un tratto, dal niente.

Edoardo lo fissò per qualche secondo, infine gli sfiorò il naso.

– Sí, Nico, io sono il tuo papà, – disse, mentre sentiva le lacrime che gli rigavano le guance.

Nico

(Ricordati che non devi farti male)

Ogni giorno il papà, prima di andare al lavoro, si inginocchia davanti a me, mi guarda dritto negli occhi e me lo ripete: – Nico, ricordati che tu non devi farti male.

Io gli dico di sí, con la faccia seria, e allora lui è contento. C'è un patto, tra noi due, ne ho uno anche con la mamma. Solo che lei non mi dice mai che non devo farmi male, usa altre parole.

Mi spiega che lo sa che ci sono giochi bellissimi, che si fanno correndo e saltando e arrampicandosi, ma che esistono giochi ancora piú bellissimi che si possono fare seduti e tranquilli. E che devo diventare il campione mondiale di quei giochi. Io le credo, perché lo so che è vero, faccio un sacco di giochi da seduto e mi diverto sempre. Ma, soprattutto, so che ogni volta che mi regala dei pastelli nuovi, orsetti di peluche, o una pistola sparabolle, la mamma mi sta dicendo in segreto le stesse parole del papà:

– Nico, ricordati che tu non devi farti male.

E io male non me ne faccio mai.

Alla scuola materna, per esempio, le persone stanno attentissime. Le maestre, le signore che puliscono, le cuoche: se ci sono io si trasformano tutte in vigili.

– Fate attenzione, che passa Nico! – dicono a voce alta, come se fosse il verso di una canzone.

I bambini e le bambine si dividono tipo l'acqua della vasca quando ci striscio dentro il pupazzo di Woody, si allargano, e mi fanno piú spazio per farmi arrivare all'armadietto, dove appendo la giacca, il berretto, qualche volta pure i guanti che infilo in alto, di fianco alla Medicina, quella deve sempre stare lí nel caso mi capitasse di cadere. La mamma controlla ogni mattina che ci sia, solo allora mi saluta con un bacio sulla testa.

– Divertiti tanto tanto, – mi raccomanda.

– Starò attento, promesso, – le rispondo io, e allora lei sorride e le vengono gli occhi grandi e luccichini come Stella dei Teen Titans.

Ma, sul serio, nella mia scuola è impossibile farsi male. Io sono l'unico bambino che prende l'ascensore, cosí non rischio neanche di inciampare sulle scale, su ogni porta c'è un'imbottitura di spugna, le maniglie hanno sopra delle cuffie gialle cicciotte e persino le piante del giardino non hanno punte aguzze. Il signor Biagio, che lo tiene in ordine, viene tutte le settimane a controllare che gli alberi non abbiano fatto spuntare nuovi rami cattivi.

– Non esistono rami cattivi, – brontola lui. – Esistono solo bambini che non guardano dove vanno!

– Io guardo sempre dove vado! – protesto.

Però, nel caso mi dimenticassi di guardare, c'è sempre qualcun altro che guarda per me.

All'asilo le maestre mi hanno affidato due sentinelle, si chiamano Rosi e Andrea. Quando usciamo in giardino, Rosi mi prende una mano e Andrea l'altra. Insieme diciamo che facciamo un panino, loro sono la crosta dura e io il prosciutto morbido in mezzo. Per Rosi io sono il formaggio, ma a me il formaggio non piace tanto. Sia Rosi che Andrea sono piú grandi di me. Perché lei ha già compiuto sei anni, mentre noi due no, e lui è altissimo, perfino piú alto di suo fratello che ha già otto anni. Io invece sono il piú piccolo della mia classe, non tanto piccolo come i bambini del primo anno della materna, ma quasi. Non è un problema, il mio papà è piú alto di tutti gli altri papà, quindi sono sicuro che da grande sarò come lui. Oltre a essere campione mondiale di giochi da seduti, si capisce.

L'anno prossimo andrò in prima elementare e non vedo l'ora.

Con le maestre e i bambini dei grandi un giorno siamo andati a vedere la scuola, ho fatto la strada tenendo per mano le mie sentinelle, e quando siamo arrivati la scuola mi è sembrata enorme, grande quasi quanto l'ospedale. Anche lí era pieno di corridoi, e di stanze, anche se non c'erano i letti e le strisce colorate per terra. E c'era anche lo stesso odore di minestrone, però quello credo ci sia in moltissimi posti perché io l'ho sentito in ospedale, alla scuola elementare, alla scuola materna, a casa della nonna e spesso anche a casa mia. E poi a me il minestrone piace. A un certo punto, mentre eravamo nell'atrio, è suonata una campanella e si sono spalancate mille porte arancioni e ne sono usciti milioni di bambini. Cioè, non so se erano proprio milioni, però erano tanti di sicuro. La maestra Loretta ha urlato subito: – ATTENTI A NICO! – e allora Andrea e Rosi mi si sono fatti vicini e mi hanno abbracciato forte per proteggermi, fino a quando la maestra è arrivata e mi ha preso in braccio. Le maestre hanno sempre paura che gli altri bambini mi facciano cadere, ma io ho un metodo per non cadere mai. L'ho imparato da una squadra di giocatori che non so che sport fanno, ma prima di giocare cantano tutti assieme e si dànno gli schiaffi sulle gambe. Sono buffi, ma anche fortissimi, e si mettono proprio come mi metto io: con le gambe aperte, un po' piegate, e le mani sulle ginocchia. In questo modo, non cado nemmeno se mi vengono addosso.

Facendo cosí, e soprattutto restando tanto tempo a giocare seduto, quest'anno non mi sono fatto male neppure una volta. Per questo dico sempre a Rosi e Andrea che, se vogliono, possono uscire a giocare con gli altri, non sono obbligati a restare nella stanza del palloncino azzurro con me. Ma loro dicono che si divertono di piú a giocare da seduti e che noi tre siamo il fantastico trio, come i Superpigiamini. A me sembra che abbiano ragione. Noi tre infatti ridiamo tantissimo, inventiamo un sacco di giochi, tipo che Andrea è uno chef famoso, Rosi la sua aiutante che lui sgrida sempre e io faccio il cliente che assaggia. Ogni volta Andrea inizia a strillare a Rosi che ha messo i vermi negli spaghetti e che ha fatto bruciare l'insalata, allora io fingo di essere un cliente pazzo che chiede ancora vermi e insalata bruciata. È proprio bello giocare con loro. Cioè, era bello prima.

La settimana scorsa Andrea e Rosi hanno litigato. Ma non hanno litigato come fanno di solito i bambini, che un giorno urlano e piangono e il giorno dopo tornano amici. Hanno litigato sul serio. Hanno litigato per me, perché dovevo andare in bagno.

Eravamo nell'ora di pittura e le maestre ci avevano dato tre cavalletti su cui appoggiare i nostri fogli per dipingere, chi finiva per primo lasciava il cavalletto a un compagno. Era il turno di Andrea, aveva appena messo il suo foglio sul cavalletto quando a me è scappata la pipí. E il fatto è che, per cose come il bagno, le maestre fanno fare alle mie sentinelle un po' per uno, perché non è che ci possiamo sempre muovere in tre, e il martedí tocca di solito ad Andrea. È solo per sicurezza, dicono. Però lui aveva aspettato tanto il suo turno al cavalletto che mi dispiaceva chiedergli di accompagnarmi e farlo allontanare da lí. Allora l'ho chiesto a Rosi.

– Rosi, mi porti in bagno, per piacere?

– Okay! – ha risposto lei.

Abbiamo guardato la maestra, lei ci ha sorriso e siamo usciti. Io stavo facendo la pipí seduto, anche se il papà ha cercato di insegnarmi a farla in piedi, ma quando qualcuno mi aspetta fuori dalla porta mi trovo meglio cosí, perché faccio meno rumore, e a volte quando faccio rumore un po' mi imbarazzo. Mentre stavo finendo ho sentito la voce di Andrea fuori dal bagno, stava urlando contro Rosi.

– Brutta ladra! – ha detto.

Mi sono alzato di corsa, sono uscito e li ho visti che si picchiavano.

Andrea stava prendendo Rosi per i capelli e Rosi gli tirava i calci.

– Nico non è tuo! – protestava lei.

– Sí, invece, il martedí è mio!

Io mi sono messo a piangere, la maestra è arrivata correndo e ha detto a tutti e due di vergognarsi, poi mi ha preso in braccio e mi ha portato via. Io non volevo che mi portasse via, non piangevo mica perché ero spaventato. Piangevo perché i miei due migliori amici si stavano picchiando per colpa mia. L'ho spiegato alla maestra e lei mi ha detto che avrebbe parlato con loro, ma che avevano sbagliato e che con le mani non si risolve niente.

Quando la mamma è venuta a prendermi le ho raccontato tutto, e lei ha promesso di parlare con la maestra e con i genitori di Andrea e Rosi. Ma, anziché aggiustarsi, la situazione è diventata ancora piú brutta.

Il giorno dopo, mentre ero in corridoio, ho sentito la mamma di Andrea che parlava con la maestra Loretta. Tenendolo stretto a sé, diceva: – Basta, va bene aiutare e insegnare la solidarietà, ma questa è una responsabilità eccessiva da dare a un bambino cosí piccolo!

La mamma di Rosi, invece, non è proprio venuta, e Rosi ci ha impiegato due giorni a rientrare a scuola.

Da allora, le mie sentinelle sono cambiate.

Ora con me stanno Emma e Gabri, che sono simpatici e hanno inventato un gioco con gli animali della fattoria, ma non è la stessa cosa.

Da quando Rosi è tornata, lei e Andrea non si parlano piú. La maestra li ha anche messi vicini a fare i lavoretti, ma loro restano in silenzio e non si guardano. A pranzo cercano sempre di sedersi accanto a me, e allora la cuoca arriva e ne sposta uno, ma uno solo, e mi lascia l'altro.

– Perché non fai pace con Andrea? – ho chiesto a Rosi.

– Perché è un violento, – ha risposto lei.

Io lo so cosa vuol dire, ma non avevo mai sentito questa parola da nessuno dei miei compagni, neanche da mamma e papà, neanche dal signor Biagio. Era strano sentirla dire da Rosi, forse era una parola che aveva appena imparato. Forse l'aveva sentita dai suoi genitori. Allora l'ho chiesto ad Andrea.

– Perché non fai pace con Rosi?

– Perché mia mamma non vuole, – ha risposto lui.

E tutta la settimana è andata avanti in questa maniera. Adesso do la mano a Emma e Gabri, a pranzo mangio con Rosi o con Andrea, ma nessuno dei due può piú giocare con me perché le maestre li obbligano a uscire in giardino. Allora oggi ho chiesto di uscire anch'io, ho detto che mi sarei sistemato nel recinto della sabbia con i piccoli. La maestra Loretta voleva dirmi di no, poi ha capito che mi sarei messo a piangere e allora mi ha fatto una carezza sui capelli e mi ha detto di andare, ma di stare attento. Cosí mi sono seduto nella sabbia, Emma e Gabri sono andati sui giochi, gli altri bambini correvano nel cortile e sul vialetto, ma nessuno veniva verso di me, perché le maestre si erano messe a dirigere il traffico. Andrea e Rosi erano tutti e due lontani dal recinto, ma non stavano giocando, restavano lí e mi guardavano da lontano. Io desideravo cosí tanto vederli fare pace, guardarli che si abbracciavano, non c'era niente in quel momento che volevo di piú. Ecco perché mi sono alzato in piedi e mi sono avvicinato piano all'albero che sta accanto al recinto della sabbia. È un albero vecchissimo, ce lo ha detto il signor Biagio, una pianta che non farà mai piú rami bassi ma solo rami altissimi, dove i bambini non possono arrivare. Ho guardato Andrea, ho guardato Rosi, poi ho fissato l'albero. Ho pensato al signor Biagio quando diceva che gli alberi non sono cattivi. Ho pensato, anche, che avevo promesso a mamma e papà di non farmi mai male. Però, secondo me, ci sono cose piú importanti perfino delle promesse che fai ai tuoi genitori. Ho chiuso gli occhi e sono partito di corsa verso il tronco dell'albero.

La botta mi è sembrato di sentirla piú con le orecchie che con la faccia. E sempre con le orecchie ho sentito urlare. Urlava la maestra Loretta, urlavano le altre maestre, urlavano i bambini, mentre sentivo che sulla bocca mi colava qualcosa di caldo e appiccicoso che mi usciva dal naso e che non si fermava, non si sarebbe fermato, non si ferma mai, a volte nemmeno con la Medicina. Allora, mentre qualcuno correva dentro gridando di aprire il mio armadietto, e qualcun altro chiamava al telefono la mamma e il papà, ho aperto gli occhi.

Chini su di me, vicinissimi, c'erano Rosi e Andrea che piangevano a dirotto, mi accarezzavano, provavano a pulirmi il naso con un fazzoletto, e io ho allungato le mani verso di loro e ci siamo abbracciati tutti e tre.

Sono rimasto lí, steso nell'erba, prosciutto morbido fra le mie due fette di crosta dura, sentendo le loro mani che si stringevano sulla mia pancia, e ho sorriso anche se mi sentivo le labbra calde e gonfie, e la faccia bagnata, e ho pensato che non te lo dicono che anche cadere può essere bello, che non ricordavo di essere mai stato cosí felice.

Biagio

(Una perfetta simmetria)

Un proverbio cinese dice che un uomo, per sentirsi pienamente realizzato, deve fare tre cose: mettere al mondo un figlio, scrivere un libro, piantare un albero. Biagio lo ha sentito una volta da qualche parte, non ricorda dove.

Ma figli e libri a lui non interessano, questa Terra è già fin troppo popolata di esseri umani superflui e di pagine inutili. Cerca perciò di compensare con la terza, piantando piú alberi che può, prendendosene cura. Da qualche parte esisterà un proverbio pure su questo, su chi sfugge ai piani, su chi si realizza in sentimenti diversi. Per chi la notte abbraccia gli alberi del bosco.

Le piante sono il piú grande amore della sua vita.

La gente non capisce. Lo guarda strano, lo prende per matto, i bambini lo hanno soprannominato «l'uomo pianta», compresi quelli della scuola d'infanzia del paese, della quale cura il giardino, perché anche i matti possono essere utili. Oppure lavora saltuariamente per le ditte di manutenzione del verde pubblico, tipo quello dell'ospedale. Comunque: non è un nomignolo che lo infastidisce, anzi, come non lo toccano le chiacchiere delle persone. La gente chiacchiera perché lui vive da solo, accanto al bosco, nessun amico, niente donne né uomini. Senza riscaldamento e senza automobile, senza camicie stirate. Quasi fossero, queste, le uniche caratteristiche per un'esistenza piena. Il materialismo infantile degli uomini che pretendono di sapere tutto, ma che in realtà hanno tutto da imparare dalla vita. Che poi una donna, molti anni fa, Biagio l'ha avuta. Quando camminavano in paese, lei contava le fughe delle pavimentazioni, o i lastroni del marciapiede, in campagna lo faceva con le foglie cadute che incontrava lungo la linea dei suoi passi. Se non erano pari, lei faceva sempre un passo in piú. Lui le chiedeva: – Perché? – la donna gli diceva: – Perché i viaggi belli sono dispari –. Le persone guardavano strano anche lei.

La sera, ogni tanto, le cantava *Wish You Were Here* accompagnandosi con la chitarra, lei lo ascoltava in silenzio, oppure cantava insieme a lui, poi gli diceva: – Mentre canti hai i fiori nella voce –. Certe volte si addormentava come una bambina. Quanto amava la sua sghemba, piccola, libera follia. Quanto ha pianto quando la libertà di lei l'ha condotta fra le braccia di un altro, che l'ha irretita con la solita, vecchia bugia dell'uomo curato, piacevole d'aspetto, ambizioso e sicuro di sé, lavoratore zelante, casa di proprietà e vacanze al mare prenotate già da gennaio. Ciò che l'ha infine portata alla follia, quella vera.

Non è per questo che oggi Biagio vive da solo, però.

Non è un uomo abbandonato che odia l'amore perduto. È, semmai, un uomo che odia l'amore sprecato. Ecco la distanza tra il mondo vegetale e quello umano, pensa. Le piante, a differenza delle persone, restituiscono sempre ciò che dài loro. Non ti lasciano, non ti deludono, non si fanno ingannare.

Certo, bisogna imparare a conoscerle, a trattarle con dolcezza, Biagio lo sa. Perché le piante capiscono, le piante sanno. E a loro non interessa come ti vesti, quanto ti lavi, il tuo conto in banca, se sei un ladro, un bugiardo, un disperato, un uomo felice che ha paura che tutto finisca o uno infelice che spera che qualcosa cominci, se un minuto hai voglia di giocare e il minuto dopo te ne vai come se non contasse piú niente, a loro non importa se hai raggiunto la vetta dei tuoi desideri oppure ti senti perso e poco degno di essere amato, saranno comunque nello stesso posto, ti crederanno sempre, non esiste un altrove in cui vorranno fuggire. Resteranno lí, esposte alle folate di vento freddo che scende dalle montagne, ai refoli gentili e alle raffiche improvvise, alle infinite varietà di pioggia, alle nebbie che gli uomini attraversano inciampando, resisteranno ondeggianti in mezzo alla bufera o assetate da settimane di siccità. Accogliendo quel che c'è, adattandosi a ciò che rimane. Un'esistenza intera passata nello stesso metro quadrato, senza pretendere né aggredire, semplicemente affidandosi. Condividendo con i propri simili piaceri e intemperie, penurie e abbondanze, come nel bosco accanto a casa, in cui ogni albero è legato a un altro attraverso una rete invisibile, sotterranea, di radici che si toccano, si aggrovigliano, si tengono insieme. Per ogni nuovo ramo o germoglio spinto in alto, verso la luce, c'è una piccola nuova radice che affonda in basso, nell'oscurità, alla ricerca di un contatto. Una perfetta simmetria. Niente a che vedere con gli uomini e i loro ripensamenti e diserzioni.

Prendi il mondo, decidi dove andare, ecco cos'è la libertà, ti racconteranno.

Scegliti un fazzoletto di suolo e passaci il resto della vita, ecco cos'è il coraggio, pensa invece Biagio.

Lo pensa anche in questa mattina di primavera, mentre sta potando il calicanto e i gelsomini nell'aiuola d'ingresso dell'ospedale, a ogni taglio accarezza le piante e chiede loro scusa. Le potature sono necessarie per la salute della pianta, però sono pur sempre piccoli traumi.

– Dài, su! – la voce arriva dalle sue spalle.

Biagio si volta, ancora inginocchiato nell'erba, vede un uomo e un ragazzo percorrere il vialetto spediti, il ragazzo ha le braccia fasciate con degli stracci, uno è vistosamente arrossato di sangue.

– Forza, Pietro, che ormai ci siamo! – dice l'uomo.

Il ragazzo invece non dice niente, cammina veloce ma con lo sguardo vuoto, non sembra provare alcun dolore, quando gli passa accanto i loro occhi si incrociano, poi quelli del ragazzo si posano sulle grosse forbici che Biagio stringe in mano, per un secondo si illuminano.

Biagio riconosce lo sguardo, sa cos'è, capisce che il tormento del ragazzo non è dovuto al sangue sulle braccia, è qualcosa di piú profondo, è il tipo di desolazione che ti fa sentire estraneo e solo e non visto, come un fiore di camomilla in un prato di margherite. Gli torna in mente il proverbio sul mettere al mondo i figli e piantare gli alberi, pensa per un attimo che parla della realizzazione degli uomini, dei padri, contempla i loro desideri, non quelli di chi nasce. Generazioni di viventi gettati in un'esistenza che non hanno scelto, senza alcuna garanzia di riuscire a fiorire. Forse quelli come lui, sottraendosi alla battaglia, provano semplicemente a pareggiare questa sofferenza.

L'uomo e il ragazzo spariscono dietro la porta scorrevole, Biagio non riesce a dimenticare le braccia fasciate. Riprende piano il lavoro, avvicina le forbici al gelsomino, ne taglia alcune fronde, ne accarezza qualche foglia con l'indice.

– Scusa, – dice sottovoce, non si capisce bene a chi.

Pietro

(«Into My Arms»)

Siamo nella stanza, la parete che ci divide dal corridoio è trasparente. La trasparenza serve perché il personale medico deve poter vedere il paziente in qualunque momento. Se il paziente è un minore e tu uno dei genitori devi restare nella stanza con lui, funziona cosí. Siamo di nuovo qui e io speravo che non sarebbe successo ancora, che non avrei piú rivisto questo posto, sentito l'odore misto di disinfettante e brodo e urina, la puzza stagnante del distributore automatico di bevande, ascoltato il rumore della ventola del bagno che somiglia a un pianto. Ma le speranze di un padre sono destinate a essere tradite, molte volte. Pietro è sdraiato nel letto e io guardo fuori, le infermiere al di là del vetro sembrano pesci in un acquario. In realtà nell'acquario ci sono io, ci siamo noi. Seduto sulla poltrona celeste di pelle dura sulla quale dormo da due notti, mi tengo la testa fra le mani, quasi avessi paura che possa staccarsi dal collo e volare via. Invece ho paura che voli via lui. Pietro ha le braccia ricoperte da lunghi tagli. Alcuni sono sottili come rametti, altri sono incisi piú in profondità. Alcuni hanno medicazioni fresche, altri sono vecchie cicatrici che gli avvolgono la pelle, girano attorno agli avambracci bendati e proseguono a spirale sopra i gomiti, da lontano sembrano tatuaggi. I tagli sono opera sua. Ne ha pure sulle gambe e sui piedi, ma quelli non li vedi perché sono nascosti dai pantaloni della tuta e dai calzini bianchi, se si esclude una piccola porzione che spunta dalla tibia sinistra, è una *t*: l'ultima lettera della scritta «*shit*». L'ha incisa con una lametta svitata da un temperino di plastica in camera sua, di domenica pomeriggio. Io ero in cucina che stavo mettendo le candeline sulla torta. Era il suo compleanno. Punto il gomito su un bracciolo e mi giro su un fianco, ascolto Nick Cave negli auricolari, guardo il viso di mio figlio che dorme con la bocca socchiusa. Ha quindici anni ma ne ha anche dieci, mentre è in sella alla Bmx gialla pronto a lanciarsi dalla rampa, ne ha sei e lo fotografo davanti al cancello della scuola nel suo primo giorno, ne ha due e piange sconsolato perché la pallina verde è rotolata sotto la credenza, ha una settimana e lo tengo in braccio con la paura di farlo cadere, Carola mi dice: va tutto bene, è sufficiente che gli sorreggi appena la testa. I tempi in cui bastava cosí poco per tenerlo in salvo. Mi tiro su, la pelle della poltrona scrocchia sotto il peso dei miei novanta chili. Faccio tre passi verso la porta, osservo le infermiere che sfilano veloci, mi giro verso Pietro e guardo ancora fuori e poi di nuovo lui. La verità è che non riesco a guardarlo troppo a lungo. Non riesco a sostenere la pena del suo corpo sanguinante. Nick intona *The Ship Song* e mi ritrovo a fissare l'orologio rotondo in corridoio. È un grosso bottone bianco su una parete con decorazioni disneyane, copre per metà la faccia di un asino viola dall'aria malinconica. Segna le sei e mezza del mattino, gli psichiatri non arrivano mai prima delle undici. Avrei bisogno di un caffè, ma non mi fido ad allontanarmi, in questo silenzio minaccioso come un presagio. L'ho fatto ieri, per una breve telefonata, e Pietro ha cercato di fuggire. Anche se lo so che l'ha fatto per essere scoperto, per essere fermato, perché vuole restare qui. Ha paura che ci dimettano presto anziché spostarci in reparto, spera anche stavolta di finire in neuropsichiatria fra i lungodegenti. È che in questo posto si sente al sicuro, compreso nella sua condizione di danneggiato, protetto dal mondo là fuori che lo spaventa tanto, con i suoi giudizi e i suoi rifiuti, le sue prove e le sue richieste di essere all'altezza. E l'altezza è sempre un problema, soprattutto per chi soffre di vertigini. Ecco perché certi non ce la fanno e cadono. Due camere piú in là c'è una ragazzina con disturbi alimentari. Ha bevuto un bicchiere di anticalcare per provare a distruggersi lo stomaco, ha paura di ingrassare, di non essere abbastanza bella, sufficientemente magra. La cosa dell'anticalcare l'ha sentita su TikTok. Ha dodici anni. Io dei miei dodici anni ricordo le merende con due panini, uno con la maionese e uno con la Nutella, li addentavo seduto sul pavimento della cucina con le gambe incrociate mentre alla tivú mandavano Sampei, pescatore grandi orecchie a sventola. Non appena rincasavo, mia madre mi chiedeva com'era andata a scuola e io dicevo sempre: «Bene», anche se non era vero. Non lo era quasi mai. Il lusso di mentire per evitare il giudizio di chi ami. Anche Pietro lo faceva. Ha smesso quando ha capito che col registro elettronico noi potevamo conoscere, ancora prima che rientrasse, il voto di un'interrogazione fatta al mattino. La madre della ragazzina si chiama Cinzia, è una donna sui cinquanta con i polpacci grossi e la corporatura d'una massaia del dopoguerra, due occhi grigio-azzurri segnati da una tristezza senza tempo. Ieri abbiamo scambiato due parole frettolose mentre i ragazzi dormivano. S'incolpa perché sostiene che la malattia della figlia dipende dal fatto che la bambina non vuole diventare come lei. Se solo l'avessi avuta quand'ero piú giovane, mi ha confessato, magari avrei preso meno peso, sarei riuscita a smaltirlo, sarei stata un esempio meno sbagliato. Eccola, ho pensato, la colpa dei genitori, quell'angoscia sottile che ti consuma lenta, carsica, invisibile. Guardavo la donna e mi rendevo conto che io non avevo neppure una scusa simile per il dolore di Pietro, che continuava ad apparirmi ingiusto e senza spiegazione. È terribile assistere alla guerra di un figlio contro sé stesso. La lotta non è la tua ma è anche la tua, il dolore ti viene inflitto attraverso le ferite di un altro corpo. I genitori dei figli sani non sospettano nulla, sono convinti di essere al sicuro, magari dispensano consigli con la bonaria sicurezza di chi non li vede, i fantasmi. Non immaginano che basta un niente, una parola sbagliata, lo spostamento impercettibile di un'asse, l'incrinatura di un obiettivo, per precipitare un ragazzo giú, e fargli odiare ciò che è, il desiderio di punirsi che si accende proprio quando non lo guardi, che ritorna proprio mentre credevi fosse tutto superato e volevi dimenticare, come le braci rimaste sotto la cenere a cui basta una folata per brillare ancora. Gli specialisti analizzano, gli educatori mediano, i medici prescrivono. Ma se non è la tua carne non lo sai; non puoi davvero capire il dolore muto dei genitori. Nemmeno i figli possono: la tua fragilità sono loro.

– Pa', – la voce di Pietro mi raggiunge da un posto che mi sembra lontanissimo. Mi volto di scatto.

– Ehi –. È seduto sul letto, le ginocchia raccolte contro il torace. Trema.

– Ho fame, – dice.

– Passeranno fra un'ora e mezza almeno, ma nell'armadio ho tenuto delle fette biscottate. Non so se puoi mangiare, però.

– Perché?

– Fra poco dovrebbero farti altri prelievi.

– Ah, vabbe', – dice guardandosi i piedi.

Mi parla come se avesse dimenticato la ragione per cui siamo in ospedale, come se fossimo in cucina e io lo stessi riprendendo perché ha lasciato la pasta col sugo, lo fa ogni volta. I dottori dicono che è la parte piú difficile da gestire, tenere separate le piccole routine quotidiane dalla voragine in cui è sprofondato. Penso alla madre due camere piú in là, a quanto vorrebbe sentire sua figlia pronunciare le parole del mio. «Ho fame» è una richiesta che sa di vita. Apro la portella dell'armadietto.

– Che si chiavino anche le analisi, – dico, e gli lancio la piccola confezione di fette biscottate. Pietro sorride, strappa la carta, comincia a sgranocchiarne una. Lo guardo masticare scomposto, selvatico, seduto sul letto con le gambe incrociate, l'aria arruffata e umida. Lo guardo e mi rendo conto che mio figlio non mi piace. Non lo comprendo, non ne condivido i pensieri, la sua adolescenza è cosí diversa da quella ch'è stata la mia. L'atto piú illecito che io abbia mai commesso credo sia stato guardare di nascosto due puntate di *Colpo grosso*. Mi ero infilato in quell'età evitando i bordi ruvidi, forse per questo non li capisco adesso. «Non c'è niente da capire, solo amore da dare» mi ha detto lo psichiatra la prima volta. Quale amore, ricordo di aver pensato. L'amore protegge, non assiste impotente al crollo della tua carne. Eppure è quella, la scommessa. Amarli quando cadono giú, con le loro ali di cera disciolte, quando ci appaiono sbilenchi e lancinanti. Quando volergli bene è spossante. Quando non sono come li vorresti. Quando, con ogni loro azione e fibra, ti stanno dicendo che non sono te.

– Pa'.

– Sí?

– Hai una faccia.

Vorrei urlargli: ti tagli le braccia e le gambe, sanguini di proposito, alcune cicatrici ti resteranno per sempre, che cazzo di faccia ti aspetti?

Dico invece: – È colpa della poltrona assassina. Se ci trattengono anche stanotte ci dormi tu.

Sorride appena, per riflesso.

– Mamma ha chiamato?

– Le ho mandato un messaggio io per aggiornarla, sai che quando siamo qui lei non…

Pietro afferra il cellulare, gli è arrivata una notifica da qualcuno, la testa già da un'altra parte, i pollici che corrono la loro danza sulla tastiera.

– Con chi ti scrivi?

– Un amico.

– Che amico?

– Non lo conosci.

Apposta chiedo, vorrei dirgli, ma so che peggiorerebbe inutilmente le cose. Gli psichiatri in piú di un'occasione mi hanno ricordato che la fiducia è fondamentale, che non devo fare la sentinella. Del resto, mi racconto, pure i miei non conoscevano tutte le persone che frequentavo. Mi siedo sulla poltrona, mi infilo gli auricolari, tanto Pietro è già distante, lontanissimo, altrove. Nick parte con *Red Right Hand* e io mi ricordo d'un tratto di quando a sette anni Pietro mi ha chiesto se il vento è fatto dagli uccelli che sbattono le ali. Quanto rimpiango quei giorni, in cui credeva davvero che io avessi ogni risposta, quando eravamo ancora in tempo per tutto. Oggi non mi chiede piú niente. Chissà quand'è che un ragazzo comincia a capire che ogni padre è un bluff, che in realtà dentro, nascosto dietro le responsabilità i problemi il lavoro il mutuo che sembra non finire mai e le incomprensioni con la moglie, anche lui non è che un ragazzo spaventato, proprio come ciascuno di noi. «*On a gathering storm comes*», canta Nick, con la sua voce di quercia, dal vetro scorgo un'infermiera, entra, noto le sue labbra muoversi, Pietro si gira, tolgo gli auricolari.

– ... in stanza per i prelievi, – faccio in tempo a sentire.

– Devo uscire? – chiedo.

– Come preferisce.

Butto un'occhiata a Pietro, alza il mento appena, come a dire va' pure, non m'importa.

– Ce li ho, cinque minuti? – dico all'infermiera.

– Anche dieci, stia tranquillo.

– Okay, un caffè e torno.

Esco dalla stanza, percorro pochi metri ed entro nella strettoia dove c'è il distributore di bevande, mi ci avvicino come fosse la soluzione al vuoto che sento. Mi rovisto nelle tasche, poi nel portafogli. Niente monetine, maledizione, e so già che le infermiere non cambiano le banconote. Mi abbatto disperato sul distributore, i pugni chiusi.

– Serve aiuto?

Mi giro: Cinzia, la madre della ragazzina vicina di stanza, è a pochi passi da me, ha un portafogli viola in mano.

– Cosa prende? – dice.

– Io, ah... Un caffè. Lungo. Grazie.

Infila le monete nella feritoia.

– Zucchero?

– Amaro, grazie, – dico. – Anche per voi ora di prelievi?

– No, – dice. – Ma Anita dorme profondamente, ne ho approfittato.

Il *vvrnnn* della macchinetta riempie gli spazi fra le nostre parole.

– La ringrazio per la sua gentilezza. È che uno non ci pensa mai, alle dannate monete.

– Si figuri. Se non ci aiutiamo fra noi. Poi lei ha di sicuro… – si blocca a metà della frase, mi porge il caffè.

– Mi dica, la prego. Ho di sicuro cosa?

– Ma niente. Diciamo, ecco, che è piuttosto insolito trovare un padre qui.

– In che senso?

– Che non se ne vedono molti. Magari passano la sera tardi, dopo il lavoro, per un breve saluto, ma è raro che si fermino. Gliela leggi negli occhi, la voglia di andarsene. La notte è fatta per le madri.

– Mh, mi sembra un po' una generalizzazione, – dico, – io ho smesso di contarle, le notti in bianco, soprattutto a casa.

– A casa è diverso. È in posti come questo che i padri proprio non ce la fanno a reggere lo strazio, la sensazione di impotenza, li vedi che non sanno come mettersi.

– Forse perché nessuno glielo ha mai insegnato.

– A lei chi lo ha insegnato?

– Non saprei. Io faccio quel che c'è da fare. E comunque la madre di Pietro non… – Mi interrompo io, adesso. Non so se è una confidenza che ho voglia di fare. La donna attende, sento i suoi occhi su di me.

– È sua madre a non reggerlo piú, lo strazio, – concludo. – Ne ha retto abbastanza finora.

La donna sorride. – Quindi mi sta dando ragione.

Bevo un sorso di caffè.

– Il fatto è che si crede che le madri non possano mai cedere, – continua, – si dà per scontato che le loro virtú innate siano amorevolezza e resistenza. Ma se sapeste i pensieri che a volte ci attraversano, non ci affidereste i vostri figli con tutta questa serenità.

– Che vuol dire?

La donna prende un bel respiro. Fissa il muro.

– Da quando è iniziata l'anoressia io odio mia figlia, ma non posso dirlo a voce alta. Per una madre è un sentimento sconveniente. Inaudito. Provo nei suoi confronti una collera sorda. Credo che la bambina la senta. Una parte di me vive la sua malattia come un'offesa personale. Ma come? Ti ho dato la vita togliendo carne alla mia, e tu la vuoi distruggere?

– So cosa intende, non credo sia un'esclusiva delle madri. I genitori si arrabbiano nel momento in cui sentono di non avere piú controllo sulla vita dei loro figli. Anche con Pietro, lo ammetto, a volte è cosí.

Beviamo il caffè in silenzio. La ringrazio di nuovo. Faccio per andarmene e tornare da Pietro, ormai avrà finito.

– Comunque, – dice mentre sto per allontanarmi, – non è che ci arrabbiamo perché sentiamo di non avere piú controllo sulla loro vita. Lo facciamo quando sentiamo di non averne piú sulla loro morte. Su ciò da cui cerchiamo di proteggerli fin dall'istante in cui vengono al mondo. E invece un giorno scopri che il coltello è sempre stato lí. Il coltello sono loro.

Ci fissiamo per un paio di secondi, nessuno dice piú niente. Il mio cellulare vibra nella tasca, levandomi dall'impasse, lo tiro fuori e rispondo.

– Sí, – dico. – Sto arrivando.

Mi incammino verso la camera, accelero il passo, mi ritrovo a correre senza sapere perché.

– Fatto? – dico entrando.

Pietro è seduto sul letto, ha una flebo attaccata al braccio.

– Tutto a posto, – dice l'infermiera. Non le parlo delle fette biscottate, al massimo gli troveranno la glicemia leggermente sballata, penso, che vuoi che sia.

– I dottori oggi dovrebbero passare prima.

– Ah, ottimo, – dico.

– Non dovrei dirvelo, ma credo che l'orientamento sia quello di dimettervi in giornata.

Guardo Pietro, che finge di non aver sentito, ma la delusione gliela si legge in faccia.

– Va bene, vedremo, grazie.

L'infermiera esce, Pietro si stende sul letto, si gira su un fianco. Mi sembra cosí piccolo e solo e lontano. Irraggiungibile. Lo guardo, ripenso alle parole di Cinzia e per un attimo vorrei contravvenire alle indicazioni degli psichiatri. Vorrei dirgli senti, so che ti apparirà incomprensibile o scontato, ma ti prometto che un giorno questo passerà, passeranno il senso di inadeguatezza e sconfitta, la tua paura del mondo, troverai la tua via come tutti e incontrerai qualcuno da amare e guarderai le tue braccia piene di cicatrici e penserai: ma perché mi sono punito in questo modo? E ti odierai per averlo fatto. Che poi, incidersi, santo Dio. Cosa pensi che migliori o peggiori? Quando questo lo avrai superato sarai solo uno che ha rovinato il suo corpo per sempre, per il dolore di pochi attimi, per non aver saputo attendere il proprio futuro, per avere creduto solo al presente, ma la tua vita è molto piú dello scorcio che intravedi adesso. E anche lo stare qui è inutile. È una sensazione di protezione che durerà una settimana al massimo ma poi, tanto, il mondo là fuori lo dovrai affrontare comunque, ci dovrai vivere dentro. E pure il disprezzo di noi stessi è una forma di narcisismo. Mi stai dicendo che non vali abbastanza? Che non sei all'altezza? Che sei un errore? Che Dio è in ogni cosa del creato tranne te? Pensi di essere cosí importante da aver meritato questa sola, singola eccezione?

Dico invece: – Pietro, sai come ha fatto il nonno a insegnarmi a nuotare?

– Che?

– Tuo nonno, sai come ha fatto a insegnarmi a nuotare?

– Tu non sai nuotare.

– Appunto.

– Okay, spiega.

– Il nonno, quando non avevo neanche quattro anni, mi ha preso e mi ha gettato nel lago, dove l'acqua era alta un metro e mezzo. Eravamo in vacanza sul Garda. Suo padre lo aveva fatto con lui.

Si volta verso di me, si tira su. – Ma sei serio?

– Sí. Per certe generazioni c'è stata questa bizzarra idea pedagogica, come dire... che diventare uomini significasse confrontarsi con un trauma che dovevi superare. Il prima possibile. Se ti butto nell'acqua, devi vincere il terrore e *devi* nuotare.

– Ma: a quattro anni? E che è successo?

– Che sono morto di paura e sono andato a fondo come un ciocco e ho rischiato di affogare, ha dovuto riprendermi per i capelli. Da allora, non ho mai piú voluto imparare. Credo ce l'abbia ancora con me per questo.

– Eh, il nonno è cosí.

– Sí, il nonno è cosí, – ho confermato. – Ma io no.

Mi guarda interrogativo.

– Pietro, io non ti lascio nell'acqua da solo, anche se non so nuotare, anche se rischio di andare sotto, okay?

– E a che mi serve, se non sai nuotare?

– A niente, forse. Ma quel niente sarà accanto a te.

– Lo so.

– No, sul serio. Io ho amato il nonno, nonostante tutto, anche se era sempre distante e impenetrabile. Mio padre era principalmente i suoi silenzi, le sue regole non scritte che dovevo rispettare. Ho trascorso la vita intera con addosso questa pressione silenziosa, che mi sussurrava cosa dovevo incarnare o dire o pensare per essere considerato un maschio prima, un padre poi. Perfino la madre della ragazzina della stanza accanto mi ha detto, poco fa, tra le righe ma neanche troppo, che mi considera un'anomalia, solo perché sono qui con te. Quel che vorrei dirti è che non posso sapere ciò che provi, ma so come ci si sente quando il mondo ti fa apparire fuori posto.

– Okay.

– Okay? Tutto qua?

– Cosa vorresti sentirti dire?

– Vorrei che tu mi parlassi, Pietro. Che ti fidassi di me. Lasciamo perdere le menate dei dottori, la violenza delle regole giuste, e comunichiamo. Dimmi che posso fare.

– Pa', la parte del padre amico non funziona.

– Ma io *sono* tuo amico.

– No! Tu sei tu, cazzo! Lo capisci? Per questo non posso parlarti di…

– Di che?

– Di tutto! Insomma, di niente.

– Ma di niente cosa? Sono davanti a te, porca miseria, raccontami.

– Raccontarti di che? Di come mi sento inutile? Di come Tea risponda ai miei messaggi a intermittenza, di come Greta mi abbia ghostato, di come a scuola tutti credano che sono quello buffo e divertente, che li fa ridere, e invece li faccio ridere per alleggerirli dalle mie sofferenze e dal fatto che quel fascista di Alessandro mi mena a giorni alterni? Raccontartelo che cambia? Tu non vuoi sapere che là fuori quasi tutti quelli che frequento stanno messi male, anche se a voi adulti pare incredibile. Luca si impasticca e ha rischiato l'infarto, a sedici anni, Martina è stata salvata da una poliziotta un attimo prima di buttarsi dal tetto, Misha non esce di casa da una vita, e a me certe volte sembra di cadere in un buco cosí profondo dove non sento piú niente, e l'unico modo per tornare a sentire qualcosa è tagliarmi, o bruciarmi, perché il mio corpo è la sola cosa su cui riesco ancora ad avere un controllo, ma come cazzo faccio a parlarne con te? Che potresti dirmi? Che mi capisci perché il nonno ti ha gettato in un metro d'acqua a quattro anni? Sul serio? Tu che mi guardi ogni volta come se alla mia età non avessi il diritto di stare male? Come se *dovessi* essere felice per forza solo perché ho quindici anni?

Lo fisso. Non capisco da quali abissi provenga tanto risentimento.

– Davvero ti guardo cosí?

– Sí!

– Io non credo che tu debba essere felice per forza, Pietro. Solo, mi piacerebbe che lo fossi. Spero che tu lo sia. Penso sia comprensibile.

– Ma non funziona in questo modo! Non è che divento felice perché lo vuoi tu. Per lenire i tuoi sensi di colpa. O per farti sentire un padre a posto, o migliore del tuo.

– Pietro, io…

– E poi, scusa, tu lo sei, felice?

La domanda mi coglie completamente alla sprovvista.

– Be', io… Come posso essere felice se tu stai male?

– Ah, quindi ora non ho colpa solo della mia infelicità, ma pure della tua?

– Ma no, ma che colpa! Voglio solo dire che per me vieni prima di tutto.

– Ed è per questo che negli ultimi, boh, cinque anni? Sei? Comunque prima dei tagli, del Covid, di tutta la merda che è arrivata, non ti ho mai visto prima delle nove di sera?

– Cosa?

Ci guardiamo, sento una rabbia cieca pervadermi. Come si permette di accusarmi quando sono qui a prendermi cura di lui? Quando tornavo a casa tardi proprio per poter provvedere ai suoi bisogni e a quelli della madre? Ripenso alla conversazione avuta con Cinzia davanti al distributore automatico. Al suo rancore nei confronti della figlia. So che non voglio essere cosí. So che non lo sono. Provo a controllarmi.

– Pietro... io ora sto cercando di fare il meglio che posso.

– Lo so, ma il tuo meglio, per uscire, ha avuto bisogno del mio peggio, non è strano? Quindi forse 'sta cosa della felicità è un po' sopravvalutata, no? Magari nelle vite delle persone una dose di infelicità serve.

Lo guardo, mi guarda. Per un attimo è come se fossi io il figlio e lui il padre. Ha ragione, in fondo. Alla fine adesso siamo qui, e solo questo conta. E qui, adesso, entrambi fragili e vinti e con la schiena a terra, quest'anomalia di padre e questo figlio ferito non sono forse mai stati tanto vicini.

– Okay, – dico. – Allora basta sguardi, promesso. Basta aspettative. Di nessun genere. Né mie, né tue. Tu ti terrai la tua infelicità e io la mia. Vuoi? Faremo con quel che c'è e basta. Ma tu parlami, per piacere. Anche se ti sembra che non serva a niente, soprattutto in quel caso. Non farmi vivere nel terrore di non sapere nulla di ciò che ti succede. Ho già avuto il mutismo di mio padre da interpretare per tutta la vita.

Mi fissa, annuisce incerto.

– Ora posso abbracciarti o t'incazzi? – dico.

– Ho 'sto trespolo, – indica il palo della flebo. – C'incasiniamo coi fili.

– Ci starò attento.

Mi avvicino, lo stringo piano, sento il suo battito accelerato contro il mio, percepisco la sua rigidità e diffidenza.

– Comunque, senti, – dico.

– Mh.

– Che vuol dire «ghostato»?

– Oddio, che boomer che sei.

Scoppiamo a ridere, e mi sembra cosí strano e inopportuno e sbagliato ridere adesso, un secondo dopo la tempesta, ma forse in fondo non si tratta che di questo: smettere di chiedersi cosa sarebbe appropriato e arrenderci a quel che siamo. Un padre e un figlio che, anche se visti da fuori non appaiono come gli altri, avranno quello che hanno tutti: una vita.

Pietro indossa le sue cuffie e si stende sul letto, gli occhi al soffitto. Io mi siedo sulla poltrona, mi rinfilo gli auricolari, premo Play, Nick Cave parte con *Into My Arms*. La canzone parla delle sue braccia leggere di amante, e io penso che le braccia di un padre, a volte, sono invece pesanti come clave. Forse per questo, su quelle, non ci scrive canzoni nessuno.

Vedo Cinzia attraverso il vetro, passa con sua figlia, dopo la lavanda gastrica sembra stare meglio, ma è talmente minuta, la pelle cosí bianca, pare sul punto di rompersi.

La porta si apre e un chiarore piú nitido e intenso proviene dal corridoio, l'infermiera entra e dice qualcosa che non capisco, mi sfilo gli auricolari.

– ... intorno alle diciotto, – dice.

– Come?

– Non uscirete prima di sera, mi dispiace, purtroppo c'è carenza di personale e i dottori vogliono aspettare i risultati delle nuove analisi.

– Non si preoccupi, – dico. – Grazie.

Mi rimetto gli auricolari, Pietro le sue cuffie non le ha nemmeno levate, ha gli occhi ancora chiusi.

Ce ne stiamo seduti ad ascoltare due musiche diverse a un metro di distanza.

Mentre anch'io sto per chiudere gli occhi noto il display del mio telefono che si illumina, è la notifica di un messaggio su WhatsApp, lo apro senza neanche guardare l'anteprima.

«Pa', – dice il messaggio, – se vuoi, a nuotare t'insegno io».

Misha

(La principessa nel castello)

La bottiglietta di plastica, ancora piena per tre quarti, è appoggiata sul bordo della vasca. La guardo mentre faccio pipí, ha il tappo allentato, il liquido all'interno è ormai sgasato e torbido. È in quella posizione dall'altro ieri. A mamma piace bere bibite fresche quando affonda in un bagno caldo, è sempre stato cosí. Ne ha buttato giú un sorso due sere fa, pregustando il dolce dell'aranciata, si è accorta troppo tardi che si trattava di gassosa al pompelmo. Lei il pompelmo lo odia, allora l'ha lasciata lí.

Me invece mamma non mi odia. Solo che questo figlio storto e solitario è una punizione che sente di non meritare. Un gusto che non riconosce piú. Il dolce che si è rivelato amaro.

Perché, va detto, io ho avuto un'infanzia mediamente felice: genitori presenti quanto basta, amici non troppi ma buoni, risultati scolastici eccellenti. Praticavo pure tennis, mi piaceva, avevo un'ottima resistenza e un rovescio discreto. Ho avuto anche una *crush*, i primi baci e tutto. Dunque nessun trauma degno di nota. Anzi, fino alla prima liceo è stato come interpretare una vita già scritta, leggere le battute sul gobbo, l'episodio pilota di una *teen comedy* americana.

Poi, un giorno, senza alcuna avvisaglia, il protagonista adolescente è impazzito, il film è cambiato, gli spettatori hanno lasciato la sala e le bevande sono rimaste abbandonate sui braccioli delle poltroncine, proprio come quella di mamma sulla vasca.

Credo sia partito tutto dalla voglia di deludere, o cosí mi ha detto lo psicologo.

Volevo scompaginare quel piano perfetto, sabotare il percorso già tracciato, non essere piú lo studente modello o il figlio condiscendente, quello che non dà mai problemi. Non è stata una decisione razionale, direi qualcosa di piú simile a una virata improvvisa, seguita da uno schianto, come il drone giocattolo che, a dieci anni, ho fatto precipitare sull'auto di papà.

A un certo punto, stare con gli altri era diventato un lavoro, la fatica di dover indossare perennemente una maschera, di mostrarsi positivi e fiduciosi e perfetti. Ricevere il premio se facevi bene, l'espressione amareggiata quando non eri quel che si aspettavano. Era un doversi adattare di continuo alle loro mute richieste. Una parte di me, invece, voleva essere amata solo perché c'era. Senza premio. Senza merito.

Forse volevo punirmi, forse volevo punire loro.

Ho iniziato con piccole bruciature sugli avambracci, danneggiarmi mi dava la sensazione di essere io a scegliere. Ferirsi è un'azione innaturale. Ma, in quel fallimento, avevo l'impressione di riprendermi la mia vita. Ho scoperto presto che non reggevo il dolore fisico. La mia punizione non si è arrestata per questo, è diventata soltanto piú dolce, ma anche piú radicale.

È diventata scomparire.

Non esco dalla mia camera da un anno e mezzo. In bagno vado solo per i bisogni, oppure per lavarmi un po' quando i miei non ci sono. Il resto lo faccio tutto nella mia stanza.

Fuori non c'è piú niente, per me. Niente che m'interessi davvero, nulla che mi motivi, ho smesso anche con la scuola perché non sopportavo piú la confusione, le persone, lo spazio attorno che si restringe e ti soffoca. È buffo, detto da uno che vive rinchiuso. Ma, alla fine, è solo una questione di controllo. La reclusione la scelgo io, io decido la distanza tra me e il mondo, m'impongo questo soffitto bianco che è diventato il mio cielo.

Per oltre un anno, mamma mi ha trascinato da un terapeuta all'altro. Adesso che le cose sono peggiorate, che il contatto anche breve con le persone mi scatena attacchi di panico, vedo uno specialista on line. Non serve a niente, ma tiene a bada la coscienza dei miei. Lo faccio per loro, che credono di farlo per me.

On line sono anche i pochi contatti che ho. Quel che resta della mia vita sociale. In rete non mi appare tutto confuso, senza direzione, come nel mondo fuori. In quello spazio, funziona ogni cosa. Se premo un tasto so dove arrivo, è tutto ordinato, lineare, non ho sorprese. Riesco quasi sempre a prevedere le reazioni, e quando mi stanco non devo dare spiegazioni. Vado via e basta.

Due giorni fa, invece, è andato via Pietro.

Lui è la sola persona a cui tenga davvero, l'amico fidato, il confidente sincero. È tutto quel che mi rimane. Ci siamo conosciuti in un gruppo Telegram sul *cutting*. Ci siamo agganciati lí, abbiamo scoperto di abitare nella stessa città, poi abbiamo cominciato a chattare per conto nostro, infine siamo passati alle telefonate. Raccontarci le nostre storie è stato come scoprire di essere coinquilini di una casa in fiamme.

Pietro s'incide. Oppure si buca la pelle con aghi, ferri da maglia, qualunque oggetto riesca a trovare. Si ferisce per sentire ancora qualcosa, dice. Io, al contrario, mi sono rinchiuso per non sentire piú niente, gli ho detto. Siamo entrambi appassionati di anime e manga, il suo preferito è *JuJutsu Kaisen*, il mio è *Nana*. Queste due sole cose dicono già molto di noi.

«Siamo come lo yin e lo yang», gli ho scritto una volta.

«Che?» ha risposto lui.

«Come Naruto e Sasuke», ho precisato allora, e lui si è messo a ridere. Ho riso anch'io.

Gli adulti credono che gli *hikikomori* come me non sorridano mai, o che gli autolesionisti come Pietro vivano perennemente depressi, con la continua intenzione di tagliarsi. Non è cosí. Ci sono abissi di buio e squarci di luce improvvisa, e viceversa. Del resto, ogni prigioniero ha bisogno del suo quadratino di sole. Pietro è il mio.

«Ti sei mai innamorato?» mi ha chiesto un pomeriggio, ma io non ho risposto.

«Io sí, – ha detto lui, e per un attimo una speranza senza senso mi ha attraversato. – Si chiama Greta, – ha aggiunto. – Siamo stati insieme tre giorni lo scorso anno, poi mi ha mollato per un altro. Ci sono rimasto sotto di brutto».

Adesso, invece, ci sono rimasto sotto io.

Non sento Pietro da quarantatre ore. E questa stanza non mi è mai sembrata una prigione cosí stretta.

Due sere fa, mentre stavamo al telefono, era un po' strano. Abbiamo parlato, ma lui rispondeva a intermittenza. Quando lo faceva, sussurrava, la voce impastata, simile a quella di chi si è appena svegliato. O di chi sta per addormentarsi.

Non mi sono preoccupato subito, ho pensato a un momento di down.

– Mish... senti... – ha detto d'un tratto. – Grazie di tutto. Davvero.

Ha pronunciato la frase quasi con il tono di un addio.

– Grazie di che? – gli ho detto, ma lui aveva già riattaccato.

L'ho richiamato subito. il suo telefono risultava spento. Ho provato piú volte, anche nel corso della notte, è stato inutile. Ho iniziato ad andare in ansia. Gli ho scritto decine di messaggi: sono ancora tutti lí, senza spunta di lettura. Ho chiesto a chi lo conosceva nel gruppo Telegram, ma da una settimana non ha piú contatti con nessuno. Non so dove abiti, cioè conosco piú o meno la zona, però non ho l'indirizzo, non ho il numero dei suoi. Veniamo da scuole diverse e non abbiamo amici diretti in comune.

Sono terrorizzato. Pietrificato dall'angoscia. Stanotte l'ho sognato nella vasca coi polsi tagliati, l'acqua arrossata dal sangue, mi sono svegliato urlando.

Papà è entrato in camera di corsa, ha acceso la luce.

– Misha! Che succede?

– Niente, – mi sono tirato il lenzuolo sopra la testa. – Ho fatto solo un brutto sogno, scusa.

– Madonna, – ha proseguito lui, gli occhi gonfi dal sonno, – non so se ti rendi conto della vita da cani che ci fai fare –. Mi ha guardato per un attimo, l'aria pentita di uno cui erano sfuggite parole di troppo, che non avrebbe dovuto dire. – Dài, allora cerca di riaddormentarti, su, – ha concluso, mi ha sorriso e se n'è andato fingendo che la sua frase precedente non ci fosse mai stata. Io non sono piú riuscito a dormire.

Stamattina ho aspettato che uscissero sia lui che la mamma, poi sono andato in bagno. E adesso sono qui, seduto, con la testa fra le mani, accanto alla bottiglietta sulla vasca, e mi è tornata in mente una cosa.

Bacci è in classe con Pietro! Alessio Bacci, il nipote del portiere, loro due vanno alla stessa scuola! Da quando il padre ha ricevuto l'ordinanza di allontanamento, Alessio viene a trovare il nonno piú spesso. Se si riuscisse a parlare con Tano, giú in portineria, potremmo avere il numero del nipote, e magari sapere qualcosa da lui.

Ma papà rientrerà stasera, la mamma nel primo pomeriggio, non posso aspettare tanto per farli scendere a chiedere.

Tra me e Tano ci sono il corridoio, il soggiorno, la porta d'ingresso, tre rampe di scale. Non ce la farò mai. La sola idea mi fa tremare.

Eppure, devo andarci io.

Devo abbandonare la mia stanza, per sapere se Pietro è in pericolo. Se gli è accaduto qualcosa. Non c'è scelta. Ho atteso anche troppo.

Ci metto mezz'ora solo per uscire dalla camera, un'altra a percorrere il corridoio e a raggiungere la porta. Quando la apro, l'aria fresca delle scale mi colpisce in faccia come uno schiaffo e mi toglie il respiro. Mi siedo sullo zerbino, in attesa che il panico faccia il suo lavoro.

Mi rialzo dopo venti minuti, mi avvicino alla scala, ogni gradino mi sembra affacciarsi su un precipizio senza fondo. Non guardare, mi dico. Chiudo gli occhi, decido di fidarmi solo delle mie mani aggrappate salde al parapetto, del ritmo dei miei piedi.

Quando finalmente arrivo giú, in guardiola non c'è nessuno.

– Tano, – chiamo, sentendo la mia voce rimbombare nell'atrio. – Tano! – urlo ancora. Nessuna risposta.

Attendo per un po'. A ogni secondo sento le pulsazioni accelerare, il sudore imbrattarmi la maglietta, lo stomaco in subbuglio. Mi sento sguarnito, perso, indifeso. È perfino peggio di come me l'ero immaginato.

Cosa ci faccio qui?, mi chiedo, sforzandomi di reprimere le lacrime, ed è in quel momento che sento il *tlin* di WhatsApp. Tiro fuori il telefono dalla tasca.

«Tranquillo, tutto a posto, – dice il messaggio. – Non volevo farti preoccupare, è che in ospedale mi hanno subito preso il cell, come fanno sempre, me lo hanno ridato solo ora».

«OSPEDALE?! – rispondo io. – Che cazzo ci fai in ospedale?!»

«Niente, – risponde lui, dopo qualche minuto. – Un taglio piú profondo degli altri, non riuscivo a fermare il sangue, a volte succede. Non ho ancora capito se mi manderanno a casa presto o che».

Un taglio piú profondo. E me lo dice cosí, come fosse niente. Quasi si trattasse di un contrattempo. Le lacrime iniziano a scendere, non riesco a farci nulla.

«Ma dove sei? – scrivo. – In che ospedale?»

«Sto al Maggiore».

Sono stanco di scrivere, avvio la registrazione. «Bene. Vengo lí», dico, e invio il vocale senza neanche pensarci.

Dopo tre secondi arriva la risposta di Pietro.

«Cazzo vuol dire, vengo lí?»

«Vengo a trovarti, – registro ancora. – Devo dirtelo in faccia, quanto sei coglione». Invio.

È allora che suona il telefono.

– Non dirmi niente, non dirmi niente, – rispondo.

«Ma come non dirmi niente! Non puoi venire qui! A parte che non ti farebbero entrare, ma non ce la puoi fare, è troppo tempo che non esci da solo!»

– Tu non ti preoccupare, io arrivo, – dico come ultima cosa, sorprendendomi del mio tono stranamente calmo, poi chiudo tutto e spengo il telefono. Me lo infilo in tasca, inspiro a fondo, infine guardo verso l'uscita. Non sono che pochi metri, fino al portoncino, eppure mi sembra una lunghezza improponibile, un viaggio senza speranza.

Non uscire piú è stata una tua scelta, mi dico. Puoi interromperla quando vuoi.

Compio il primo passo, gamba destra in avanti.

Non ce la farai mai, dice la voce.

Gamba sinistra in avanti, secondo passo. Sento il pavimento oscillare sotto di me, il panico sale tutto insieme, senza preavviso, mi piega le ginocchia, spezza il respiro. Con le forze residue corro incontro al portoncino, come un naufrago verso la salvezza. Mi ci aggrappo, aspetto mezzo minuto.

È impossibile, ripete la voce.

Premo il pulsante rosso accanto alla serratura. Il portoncino si apre con un *clac*.

Fuori, il mondo si dischiude di colpo davanti a me.

I clacson delle auto, i rumori dei motori, le facce delle persone, i tacchi sul marciapiede, le insegne dei negozi, gli alberi nel parco, la luce tagliente del mattino. Un unico urlo indistinto, la gigantesca bocca di un mostro che si spalanca attorno al mio corpo, e mi inghiotte in un istante.

Mai, dice la voce.

– Vaffanculo! – grido, stringendo forte gli occhi, richiudendomi il portoncino alle spalle, un attimo prima di svenire sul passo carrabile.

Un'ora dopo sono sul mio letto, mamma è accanto a me, chiamata da Tano. È stato lui a raccogliermi per la strada, accorrendo dal bar di fronte, ad aiutarmi e a portarmi dentro. A farmi sedere in guardiola, con le gambe sollevate finché non è arrivata mia madre ad accompagnarmi di nuovo in camera.

– Come stai, adesso? – chiede.

– Meglio.

– Ora mi spieghi? Che stavi cercando di fare?

– Un mio amico sta male. Volevo... non lo so neanche io.

Mamma mi accarezza la testa, come faceva quando ero piccolo.

– Va bene, – dice. – La prossima volta però dimmelo, okay? Che ne parliamo prima. Oppure fammi chiamare. Non puoi prendere e uscire.

– Tranquilla, – dico. – Non credo ricapiterà.

Mi guarda, l'aria dolce e un po' delusa.

– Chissà. Comunque questo amico dev'essere proprio speciale, mh? – sorride. Poi si alza, si avvicina alla porta. – Oggi sto a casa, – aggiunge uscendo, – chiamami per qualunque cosa, sono di là.

– Sí, – dico. – Grazie.

Chiude la porta, aspetto di sentire i suoi passi allontanarsi, solo allora riaccendo il telefono. Le notifiche di chiamata cominciano a piovere, insieme ai messaggi su WhatsApp. Mi sento un sacco in colpa. Sto finendo di leggere il secondo messaggio, quando il cellulare suona. È Pietro.

«Finalmente! – urla non appena rispondo. – Che fine hai fatto? Che cazzo è successo? Stavo per scappare sul serio, temevo ti avesse investito un autobus, porca troia!»

– Niente, – dico, – il coglione mi sa che sono io. Sapevo benissimo che non potevo farcela, ma per un attimo mi sono illuso. Sono caduto sul portoncino davanti a casa, non ho mai avuto un attacco di panico pesante come quello di stamattina.

«Ma adesso stai bene?»

– Sí, piú o meno. È che...

«È che?»

– È che io *volevo* venire, Pietro. Giuro. Solo che per il mio bisogno di controllare tutto non ho piú controllo su niente. Mi dispiace, sono un fallimento totale, scusami.

Pietro fa una lunga una pausa, lo sento respirare.

«Ma fallimento di che, – dice, dopo un po'. – Sei stato molto coraggioso, invece».

– Cosí coraggioso che sono svenuto in mezzo alla strada.

«E che importa? Sei accorso in mio aiuto anche se sapevi che avresti perso, – ha detto. – È un milione di volte piú ammirevole di chi sapeva che avrebbe vinto, o anche solo di chi avrebbe creduto di avere qualche possibilità».

– Ma cosa cambia? – chiedo. – Non ce l'ho fatta lo stesso.

«Cambia tutto, solo che tu sei troppo scemo per accorgertene, – dice ridendo. – Senti, – prosegue,– mio padre sarà qui a breve, devo chiudere».

– Okay, – dico.

«Però non te la cavi cosí. Ho deciso che quando mi dimetteranno, magari, verrò a trovarti io».

– Cosa? No no no, cazzo. Sei matto? Ma come ti viene?

«Qualcuno dovrà pur provare a tirare fuori la principessa dal castello, prima o poi».

– Chi sarebbe la principessa?

«Ah, guarda, fai tu. Diciamo che io, ora, con tutte 'ste bende che mi girano attorno, al massimo posso fare la mummia».

– Mummia piú principessa nel castello, – dico. – Secondo me ci verrebbe un anime da paura.

«Come no. *Mummiarentola*», dice lui.

Scoppiamo a ridere al telefono, all'unisono, cosí forte che non riusciamo a smettere. A un certo punto smetto io, voglio smettere, me lo impongo, desidero troppo ascoltare la risata di Pietro senza la mia a coprirla. È proprio bella. Allora glielo dico.

C'è qualche secondo di silenzio. Mi sembra di vedere questo ragazzo, che non ho ancora mai visto, seduto sul letto dell'ospedale, le braccia piene di tagli, il telefono in mano, fragile e luminoso e terribile.

«È bella anche la tua», dice, un attimo prima di riattaccare.

Giorgio

(Trecento metri)

Trecento metri.

Trecento metri a chi? A lui, trecento metri? Ma non esisteva proprio, dovevano solo provarci, a tenerlo lontano trecento metri da sua moglie. E perché, poi? Cosa le aveva fatto? L'aveva mai picchiata? Toccata anche solo con un dito? Costretta a fare qualcosa? No. Quelle che lei raccontava erano solo favole. Diceva che aveva paura, che lui la spaventava. E da quando? Non gli aveva mai detto niente! Diciott'anni di matrimonio e non trovi un momento per dire a tuo marito che ti fa paura? Nemmeno in un'occasione? Balle. Raccontava balle lei e le faceva raccontare ai figli. Figli di entrambi, mica solo suoi. Aveva confessato che pure i bambini avevano paura. Che poi, bambini: a tredici e sedici anni non erano piú bambini da un pezzo. Lei sempre lí a fare la chioccia, mentre lui voleva solo che si dessero una svegliata. Non se li meritava, dei figli rammolliti, che a malapena sanno rifarsi il letto. Era una colpa, adesso, volerli educare? Se non ci pensava lei, ci avrebbe pensato lui, avrebbero dovuto dargli una pacca sulla spalla e una stretta di mano, altro che storie. Invece, niente, quella merda di restrizione, stare a trecento metri da lei e dai ragazzi. Senza una ragione al mondo. Scherziamo? Gliel'avessero almeno fatta incontrare, sua moglie, avessero lasciato che si parlassero, prima, come persone civili. Macché, udienze separate: il suo avvocato si era opposto. E che avvocato! Una troietta amica di lei. Una che di mestiere sceglie di sfasciare le famiglie come la chiami? Troia, punto. Troia lei e pure quella giudice, una sessantenne con i capelli corti e nemmeno la decenza di mettersi un po' di trucco sulla sua faccia da cazzo. Glieli dava lui, i trecento metri, a tutte e due. Volevano impedirgli di parlare con Annalisa? Volevano che stesse lontano da casa loro? Quella casa che, per inciso, aveva pagato lui: i suoceri avevano contribuito in maniera ridicola, e lei meno ancora, con quei quattro soldi che guadagnava, lasciamo perdere proprio. Comunque non aveva problemi a stare lontano dalla casa. Figurarsi. Tanto sapeva bene dove trovare lei. Da che si erano separati, anzi, da che lui era stato costretto a lasciare casa *sua*, Annalisa si era messa in testa di accompagnare e riprendere i ragazzi da scuola. Ogni giorno. E pensare che avevano la fermata del bus proprio lí, a dieci metri, comoda comoda, ma allora gliele voleva proprio tagliare, le gambe, a quei due. Alessio già era uno che mollava qualsiasi cosa, prima lo aveva fatto con il corso di chitarra, poi con quello di ginnastica artistica, non che lui se ne fosse lamentato, la ginnastica è uno sport per fighette e la chitarra è buona solo per rimorchiare in spiaggia. Ma, anche quando lo aveva iscritto al corso di arti marziali miste e gli aveva detto prova, fammi vedere che almeno ti impegni, era venuto fuori che 'sto cretinetto fingeva di andare alle lezioni e in realtà le saltava. E secondo loro non avrebbe dovuto incazzarsi, che quelli erano soldi suoi, buttati nel cesso perché aveva un figlio probabilmente frocio? E pazienza, ormai tutte le famiglie ne hanno almeno uno, no? Mica ne aveva fatto una tragedia, era un uomo di ampie vedute, anche se già a sedici anni lui andava a scuola da solo e al pomeriggio lavorava in officina con il padre. Non si faceva certo accompagnare dalla mamma, figuriamoci, sua madre la vedeva quando gli metteva il piatto in tavola e quando gli riponeva nel cassetto i vestiti stirati, fine. A sedici anni non è tua madre la donna che vuoi avere attaccata al culo dalla mattina alla sera, e Alessio invece sí, voleva la mammina. Non che l'altro fosse diverso, ma dopotutto Valerio era ancora un ragazzino, non gli era neppure cambiata la voce, sulla crescita era bello in ritardo, ma pazienza. Lui invece era stato precoce, a quattordici anni già scopava, ma erano altri tempi. E ora eccoli che blateravano di paura, di violenza verbale, solo perché ogni tanto lui alzava un po' la voce. Ma le cose vanno dette bene, e in faccia, almeno non avevano un ipocrita come padre, no? Il suo si chiamava *carattere*, non era violenza verbale. Oggi a casa propria uno non può piú dire come la pensa? Ah, no, già, la casa non era la sua, non piú. Sulla carta sí, ma se parlava di riprendersela l'avvocato gli diceva di stare buono, che non doveva fare una cattiva impressione alla giudice con la faccia da cazzo. Trecento metri, gli aveva dato, e già una volta quei tre stronzi avevano chiamato la polizia solo perché lui passava di lí, non era piú libero neanche di andare dal suo tabaccaio di fiducia, era una vita che prendeva le sigarette in quel posto e adesso basta, adesso non poteva piú perché era troppo vicino a casa sua. Quel rompicoglioni di avvocato lo aveva supplicato di smetterla di provocare, «Giorgio, guarda che cosí va a finire male», e lui aveva riso: ma finire male cosa? Non avevano niente da usare contro di lui, quei tre. Niente. Aveva alzato la voce? Capirai. Si era fatto rispettare? Com'era giusto. Aveva imposto la disciplina ai suoi figli? Naturale. Aveva detto ad Annalisa di stare al suo posto? Certo.

Che poi, le avevano mai parlato? Una donnina tremante che senza di lui non sarebbe stata capace nemmeno di scegliersi i gusti del gelato, dài. In casa era lenta, una vera imbranata, doveva darle istruzioni di continuo, e quando sbagliava, be', era normale che lui glielo facesse notare, perdio. Come il giorno che aveva rischiato di dar fuoco alla cucina perché si era scordata l'arrosto in forno per sei ore, ma come si fa? Era un impegno a tempo pieno, in pratica come avere una terza figlia. Ma l'aveva forse allontanata? L'aveva cacciata via? No, le aveva insegnato, non è questo il compito dei buoni mariti? Insegnare alle mogli, spiegare ciò che non possono fare, porle davanti a certi limiti, perché Annalisa si metteva in testa imprese decisamente fuori dalla sua portata, e allora era meglio che lasciasse perdere subito, se non era in grado. E invece: violenza psicologica, l'avevano chiamata! Lui l'aveva solo protetta, e per lo piú da sé stessa. Ma avevano deciso di fare di lui un mostro, ed ecco che tutto era stato distorto. La sua parola contro la loro. Però dovevano stare molto attenti, a usare le parole, perché lui sapeva benissimo come rispedirle al mittente, ed era quello che stava per fare. A quell'ora Annalisa aveva di certo già recuperato Alessio fuori dal liceo e stava andando a prendere Valerio all'uscita delle medie. Non erano in casa, erano su suolo pubblico, terra di nessuno, lui avrebbe potuto trovarsi lí per caso, magari perché in cerca di un tabaccaio nuovo, giusto? E comunque non gliene fregava niente se la restrizione poteva essere interpretata come trecento metri da loro, e non da casa, tanto lui lo sapeva benissimo che non avevano niente da temere. Non da lui. Che male poteva esserci? Sarebbe andato incontro a sua moglie, ai suoi figli, e avrebbero parlato tutti insieme, cosí fa una vera famiglia. Cosí si risolvono le incomprensioni.

Imboccò la via e scorse la scuola, laggiú in fondo. Le macchine dei genitori ostruivano quasi per intero la visuale, ma era certo che la campanella non fosse ancora suonata, era troppo presto. Aveva calcolato bene i tempi, il suo era una specie di blitz, per coglierli di sorpresa, non doveva dar loro il tempo di chiamare aiuto. Aiuto di cui, ovvio, non avevano affatto bisogno, mica voleva far loro del male, ma l'avvocato e il resto era meglio tenerli fuori.

Partí a passo svelto, da trecento metri, e in quel momento la campanella suonò. La sentí appena, un sibilo quasi impercettibile, pensò di essersi sbagliato, poi vide la marea di ragazzini riversarsi giú dalla scala, mentre lui con gli occhi correva da un'auto all'altra per individuare la Ford grigia di Annalisa. La intravide a destra dell'edificio, infilata storta tra il cancello e la strada, due gomme sul marciapiede, a riprova che quella donna non aveva mai imparato a parcheggiare.

Duecento metri.

Sapeva per esperienza che per primi sarebbero usciti gli alunni piú piccoli, poi quelli di seconda e infine quelli di terza. Valerio si sarebbe ritrovato davanti una massa di mocciosi urlanti, genitori, nonni, auto, e avrebbe perso tempo per individuare la madre, tempo che lui avrebbe sfruttato per identificarlo e anticiparne i movimenti. Si sarebbe messo tra lui e Annalisa, voleva proprio vedere se lei avrebbe avuto tanta paura da non cercare di raggiungere il figlio.

Cento metri.

Ma, al posto di Valerio, quello che scorse là, in lontananza, fu Alessio. Era entrato dal cancello e stava salendo a grandi falcate la scalinata. Visto che, quando voleva, l'energia riusciva a trovarla? Sarebbe riuscito benissimo in qualunque sport, se non fosse stato un rinunciatario. Spostando in malo modo gli altri bambini il ragazzo andò a colpo sicuro dal fratello e prese a trascinarlo giú, come se avessero fretta, in una direzione precisa.

Cinquanta metri.

Lui li seguí con gli occhi, iniziando a deviare verso destra, puntando l'auto di Annalisa, che ora vedeva distintamente a cavalcioni del marciapiede, vuota e con lo sportello aperto, ma nemmeno quello era stata capace di fare? E sí che a spingere uno sportello non ci voleva niente, per la miseria, cosí rischiava che un'altra auto ci picchiasse contro, dove diavolo era andata?

Trenta metri.

Ed eccola lí, accanto al cancello, a gridare qualcosa ai suoi figli, allungando le mani disperata, lei a urlare, loro a correre, che accidenti avevano da correre, poi? Adesso sarebbe toccato correre anche a lui, per mettersi in mezzo.

Fu quello il momento. Annalisa si voltò a guardarlo.

Aveva il viso solcato di lacrime, i denti stretti, le braccia protese ad artigliare il braccio di Alessio, che finalmente l'aveva raggiunta, con Valerio che singhiozzava dietro di lui. Il figlio maggiore seguí lo sguardo della madre e individuò il padre. Il figlio minore si aggrappò al fratello.

E lui, solo allora, si fermò.

Ma cos'avevano?

Cos'erano quelle facce?

Stavano scherzando, era una burla, lo volevano prendere in giro? C'era forse l'avvocato di Annalisa, lí intorno, a riprendere la scena di nascosto, per usarla contro di lui? No, erano solo loro tre, avvinghiati, gli occhi sbarrati su di lui, colmi di…

Paura?

Fece un passo indietro, poi due.

Trentuno metri.

Avevano paura davvero? Paura di lui?

Indietreggiò ancora, senza quasi rendersene conto, e Annalisa ne approfittò per rompere la paralisi, afferrare i figli per i giubbini, spingerli verso la macchina, senza mai distogliere gli occhi da lui. Quegli occhi di cui, un tempo, si era innamorato. Quegli occhi che, ne era certissimo, amava ancora.

Cinquanta metri.

Quindi non erano balle, sua moglie aveva sul serio paura, e anche i suoi figli? Ma se voleva solo proteggerli, tenerli al sicuro, come facevano a non capirlo? Invece loro, adesso, sembravano terrorizzati. Come se il nemico fosse lui. Quasi lo fosse sempre stato.

Fece altri tre passi indietro, cinque, sette, poi… alzò le mani.

A metà del busto, i palmi aperti, come a dire: «Aspettate».

Oppure: «Calmatevi».

Oppure: «Non li voglio vedere, quegli occhi. Me ne vado».

Valerio salí sulla Ford grigia di corsa, Alessio saltò dentro, dalla parte del passeggero. Annalisa si posizionò dietro lo sportello aperto e si fermò. In piedi. Per accertarsi che lui stesse davvero andando via. Lo guardò arretrare in lontananza, le mani ancora alzate, la faccia sconvolta, in segno di resa.

Cento metri.

Lui non capiva, non riusciva a capire, che c'era di strano in quello che aveva fatto? In che modo li aveva spaventati? Non c'era stato nulla di nuovo, di diverso, era tutto come sempre.

Tutto come sempre.

E allora finalmente capí.

Arretrò ancora, duecento metri.

Annalisa risalí in macchina e chiuse la portiera con violenza. La Ford grigia partí, scese dal marciapiede in retromarcia, fece una mezza inversione e si allontanò.

La vide sparire dietro la curva, alla fine della via, con dentro tutto ciò che aveva sempre creduto di amare. Le sue braccia non gli erano mai sembrate cosí vuote.

Trecento metri.

Marco

(Comunque tu sia)

Marco si alzò a fatica.

Aveva messo tre sveglie a distanza di cinque minuti l'una dall'altra, per rendere meno traumatico il risveglio, ma non era servito a niente.

Quel giorno, avrebbe dovuto firmare una sentenza che avrebbe disposto l'incarcerazione di un essere umano. Non era la prima né sarebbe stata l'ultima. Inoltre, quell'uomo meritava il carcere, era reo confesso, non c'erano ombre sulla condanna.

Eppure a Marco quella firma pesava, piú delle altre volte. Dipendeva da una frase che l'uomo, quando era stato il suo turno di testimoniare, aveva detto.

«Io ho vissuto sempre una vita che non era la mia».

Faceva riferimento a quella serie di circostanze, condizioni, influenze, scelte sbagliate che deviano la tua strada, prima in modo impercettibile, poi in maniera sempre piú netta, fino a che non diventa troppo tardi per tutto. Un'esperienza che non si avvicinava affatto alla sua, Marco lo sapeva, ma aveva portato alla stessa conclusione.

Anch'io ho vissuto sempre una vita che non era la mia, pensò.

Andò all'armadio, aprí l'anta destra, guardò l'altra chiusa. Era una delle poche occasioni che non lo costringevano a frugare nello scomparto di sinistra, che conteneva i vestiti confezionati da sua figlia Tecla. Si chiedeva spesso se la sua bambina avesse scelto di fare la sarta perché aveva intuito qualcosa, e se cucire vestiti su misura per lui fosse il suo modo per cercare di tenerlo al riparo, per mascherare il suo segreto. Ma no, scosse la testa, Tecla non si era mai accorta di niente, nessuno avrebbe potuto. Scelse dallo scomparto di destra un completo blu scuro, giacca e pantaloni. Non aveva niente contro i colori, non era un tipo severo, anzi, ma era difficile trovare un capo colorato adatto per andare in tribunale. Se pure lo avesse trovato, non appena indossato sapeva che effetto gli avrebbe fatto. Sarebbe stata carina. E lui non voleva essere carina.

Aprí l'acqua della doccia, aspettò che il vapore appannasse lo specchio ed entrò in bagno. La doccia era sempre un brutto momento, perché lo costringeva a passarsi le mani sul corpo, e ogni volta trovava ciò che non doveva esserci e non trovava quel avrebbe voluto. Era il suo corpo, ma non era il suo. Era sempre stato cosí.

Aveva iniziato a sentirsi Marco quando era ancora piccola. Aveva avuto una famiglia meravigliosa, di ampie vedute, in casa c'erano giocattoli di ogni tipo e sebbene, certo, a lui venissero regalate bambole e a suo fratello macchinine, aveva sempre potuto giocare con tutto. Creava mondi fantastici e storti in cui convivevano animali, bambole, automobili, mostriciattoli, cucine con le loro pentoline e basi lunari.

– Che bella fantasia che ha, – commentavano le persone.

Era vero, aveva sempre avuto una fantasia fervida, un'immaginazione creativa, tanto che quando, a poco piú di cinque anni, per gioco aveva chiesto ai suoi genitori di chiamarlo Marco, loro avevano semplicemente detto: – D'accordo! – e ne avevano riso.

Non gli era importato della risata, era stato contento che avessero accettato il nome, quello che aveva scelto per sé, perché a lui Cristina non piaceva. Non era nemmeno una questione di piacere, in realtà: Cristina era sbagliato. I bambini a scuola, però, si erano rifiutati di stare al gioco, anche se di gioco non si trattava.

– Non puoi chiamarti Marco, non sei un maschio! – dicevano.

– Invece sí! – protestava lui.

– Non è vero, non hai il pisello! – replicavano loro.

– Mi deve ancora crescere! – batteva i piedi lui.

Le maestre lo avevano accarezzato sulla testa e avevano detto candide agli altri: – Cosa vi costa? Marcello ha voluto farsi chiamare Goku per tutto lo scorso anno e nessuno ha mai detto niente, – e in quell'istante lui si era sentito compreso, al sicuro.

Era stata la mamma, qualche sera piú tardi, ad andare in camera sua e a sedersi sul letto accanto a lui. – Un bel gioco deve durare poco, Cri-Cri. Adesso basta, con questa fantasia di farti chiamare Marco. Va bene?

– Ma io non voglio chiamarmi Cristina, – era riuscito a dire, prima di scoppiare a piangere.

La mamma se l'era stretto addosso e gli aveva dato tanti piccoli baci.

– Neanche a me piace tanto Emanuela, – gli aveva sussurrato. – Infatti mi faccio chiamare Manu. Poi c'è la zia Antonia che si fa chiamare Laura, che è il suo secondo nome. E ho un sacco di amiche che usano soprannomi, Chicca, per esempio. Se non ti piace Cristina, o Cri-Cri, possiamo cercare un soprannome che faccia per te. Ma Marco proprio non si può, capisci? Perché tu sei una signorina.

Gli aveva asciugato le lacrime e gli aveva rimboccato le coperte. Nella stanza illuminata dalla lucina da notte,

Marco aveva avvertito qualcosa dentro, come se gli si stesse allargando un buco freddo nello stomaco. Il problema non era il suo nome. Il problema era che lui era una signorina. Ma che significava, essere una signorina? Dove stava l'errore? Era tutto in quel piccolo lembo di carne che mancava? Oppure era l'intero suo corpo a essere sbagliato?

L'indomani, a scuola, tutti avevano ricevuto l'ordine di chiamarlo Cri, il nome che la mamma lo aveva spinto a scegliere, convinta che il disagio della figlia stesse nel sentir pronunciare il suo nome per intero. E Cri era rimasto, fino alle medie. Poi, all'improvviso, aveva avvertito il primo cambiamento. I piccoli dolori, la pressione sul petto, qualcosa che spingeva dall'interno, che voleva uscire, e che lui premeva disperatamente perché rimanesse dentro, dormendo a pancia sotto, indossando due o tre magliette attillate perché lo schiacciassero, lo contenessero. Ma non c'era stato verso.

Poco tempo dopo era arrivato il sangue. Quel giorno lo aveva trascorso a letto, raggomitolato in un angolo a singhiozzare. Suo fratello Daniele si era seduto sul bordo del materasso, pieno di imbarazzo. Anche Daniele era cambiato, gli era venuto un vocione basso, il pomo d'Adamo era saltato fuori sul suo lungo collo come uno scoglio dal mare, e si era riempito di brufoli e peli un po' ovunque.

– Ma ti fa tanto male? – aveva chiesto.

Marco aveva annuito, gli faceva male in maniera insopportabile, ma era un male che non veniva dal sangue, che non c'entrava col seno. Il dolore giungeva da un luogo sepolto dentro di lui, in cui la sua identità si sentiva tradita e non si spiegava cosa fosse successo, perché si trovasse imprigionata in un corpo simile, mentre sapeva che un corpo come quello di suo fratello sarebbe stato piú giusto. Voleva cosí bene a Daniele, e gli aveva chiesto se fosse felice di essere fatto com'era, di essere nato maschio. Lui aveva alzato le spalle.

– Maschio o femmina è sempre un casino, – aveva commentato.

Marco aveva pensato che si sbagliava: maschio *e* femmina era un casino piú grande.

Aveva cercato di informarsi sui libri, nelle biblioteche, in tempi in cui Internet era ancora un'ipotesi, ma non aveva mai trovato nulla sui corpi sbagliati: si parlava sempre e solo di deformità. Lui non era deforme, era una bella ragazzina con gli occhi grandi, il seno a punta e le gambe lunghe e magre. E la guardava allo specchio, quella ragazzina, ogni mattina, senza riuscire a riconoscersi. Non poteva credere di essere lui.

Non sapeva con chi parlarne, aveva l'impressione che nessuno patisse una condizione come la sua. C'erano giorni in cui temeva che tutti glielo potessero leggere in viso, e altri in cui sperava che almeno una persona ci riuscisse. Che lo vedesse. Invece, quello strappo tra il suo corpo e la sua anima era invisibile.

Si era detto che a un certo punto si sarebbe abituato, come il padre di Ilaria, che aveva perso una gamba e ora se ne andava in giro con l'aiuto di una stampella. E in effetti c'erano periodi di luce in cui riusciva a non pensarci: mentre studiava si vedeva solo le mani, che nonostante le dita sottili riconosceva come sue, le felpe oversize nascondevano il seno fino a farglielo quasi dimenticare, e se stava zitto a lungo si scordava il tono acuto della sua voce da ragazza. Nella fantasia, il suo timbro era come quello di Daniele e sulle guance aveva preso a crescere una peluria ispida, perfetta da grattare nei momenti di noia. Quando si concentrava molto nello studio, nella lettura, quando la testa era persa altrove, Marco si scordava di Cristina. Ma bastava che la mamma chiamasse per la cena, bastava che lui aprisse bocca per rispondere soprappensiero: «Arrivo!», e Cristina tornava a divorarsi Marco.

C'era stato un breve periodo in cui aveva pensato di farla finita. Non gli sembrava che ci fosse via di fuga dal suo problema, non aveva nessuno con cui confidarsi, non esisteva un amico in cui rispecchiarsi. Il liceo stava per terminare, e quel che c'era dopo appariva un orizzonte cupo e indistinto. La scuola, pur con i suoi limiti, lo aveva protetto. Marco il liceale indossava solo abiti extralarge, magliette del fratello, si copriva strato dopo strato, i capelli sempre corti, nessun orpello. E le compagne avevano smesso da un pezzo di ridacchiare alle sue spalle, mentre i compagni lo ignoravano. Era riuscito a trascinarsi fino alla maggiore età, anteponendo dovere a dovere – gli studi, la famiglia –, e tutelando il dolore degli altri, prima del suo. Fino a che la sua sofferenza si era fatta piú grande, incombente, insopportabile, e aveva iniziato a reclamare i suoi diritti.

La sera della maturità Daniele era entrato in camera.

– Ehi.

– Ehi.

Si era seduto di nuovo sul bordo del letto, guardandolo ripassare.

– Hai paura? – gli aveva chiesto.

Daniele stava parlando dell'esame, era evidente, ma una parte di Marco recepí la domanda in maniera diversa. Una domanda che poteva riassumerne mille, ma in fondo tutte portavano alla stessa risposta. Aveva annuito, aveva paura. E allora Daniele, che non aveva mai brillato per arguzia, aveva capito che quella risposta conteneva un altro significato.

– Non devi averne, – aveva detto. – Le cose si sistemano. Mamma e papà ti vogliono bene.

Marco si era aggrappato alle parole di suo fratello, con un barlume di speranza.

– In che senso?

Daniele lo aveva guardato, con l'aria di chi la sa lunga.

– Che non gliene frega niente, se sei lesbica.

La sorpresa era stata cosí grande che era scoppiato a ridere incontrollato. Anche Daniele lo aveva fatto.

– Eddài, ma che segreto è? – aveva chiesto il fratello.

– Ma io non sono lesbica! – aveva balbettato lui in risposta.

In quale modo avrebbe potuto essere lesbica? Le ragazze non gli erano mai piaciute, non aveva mai provato nessuna attrazione per loro. Avrebbe potuto pensare di essere gay, ma tecnicamente nemmeno quella conclusione era corretta. Marco ci pensava da sempre, ai ragazzi, ma non avrebbe saputo come fare. Non con quel corpo, non con il suo aspetto.

– D'accordo, – si era stretto nelle spalle Daniele. – Sei quel che sei. Comunque tu sia, sappi che a loro vai bene. E pure a me.

Gli aveva passato una mano in testa, scombinandogli i capelli, poi aveva lasciato la stanza. E Marco aveva provato un senso di insperato, enorme sollievo. «Comunque tu sia» era la definizione piú bella che avesse mai sentito.

Si era diplomato con il massimo dei voti e si era iscritto alla facoltà di Legge. Dava ripetizioni per contribuire alla propria indipendenza, e con l'aiuto dei suoi aveva preso in affitto un piccolo appartamento in periferia, da cui aveva tolto ogni specchio. Senza la sua immagine a perseguitarlo, Marco trascorreva il tempo con il corpo coperto, nei limiti del possibile, provando a dimenticare il proprio aspetto, come se fosse il sogno sbagliato di qualcun altro. Attendeva il momento in cui avrebbe finalmente accettato le cose per quel che erano. Cercava – non avrebbe saputo come dirlo – di prendersi per *sfinimento*. Per non deludere chi gli stava intorno, per non causare problemi, forse perfino per avere una vita piú semplice.

E poi aveva conosciuto Umberto.

Seguivano due corsi insieme e avevano iniziato come si comincia a volte: scambiandosi degli appunti. Umberto era un simpatico confusionario, mentre Marco era estremamente preciso. Umberto amava uscire e divertirsi con gli amici ma, nonostante i ripetuti inviti a unirsi, Marco stava sempre a casa. Piú Umberto tentava di essere carino con lui, piú Marco lo teneva a distanza, piú il primo proponeva appuntamenti, uscite, serate, piú il secondo gli parlava di codici, appelli ed esami. Era andata avanti in quel modo per un po', fino al pomeriggio in cui Umberto glielo aveva detto.

– Guarda che se non ti piaccio non fa niente. Preferisco saperlo, però, almeno non mi faccio illusioni.

Marco era rimasto impietrito.

Umberto gli piaceva, certo che gli piaceva, ma come avrebbe potuto fare, cosí… com'era? Avrebbe dovuto dirgli qualcosa, ma la frase sarebbe stata simile a: «Non sei tu, sono io», e per niente al mondo era disposto a mortificare un altro essere umano con una tale banalità. Aveva sentito la pressione salire ed era scoppiato a piangere. Umberto era rimasto a guardarlo perplesso, poi lo aveva abbracciato. Sarebbe stato l'unico cui avrebbe detto qualcosa di vicino alla verità.

– Io non mi piaccio, Umberto. Cosí come sono, non mi piaccio. Lo capisci?

E Umberto le aveva provate tutte per fargli cambiare idea, gli aveva detto che era bellissima, che era sensuale, che il suo corpo era perfetto nonostante cercasse senza sosta di nascondere le sue forme, anzi che questa cosa addirittura lo eccitava, e ogni complimento era una pugnalata al cuore fragile di Marco che, sí, amava Umberto, ma sapeva che Umberto invece amava Cristina. Aveva deciso però di provare a farselo bastare, in fondo era molto piú di ciò che avesse mai avuto.

Gli aveva messo a disposizione quel poco che aveva, in perenne equilibrio tra la gioia di essere accolto e l'orrore per il modo in cui avveniva.

Si erano sposati e, molto presto, un'altra vita si era affacciata dentro di lui. Per nove mesi Marco aveva pregato, chiedendo una sola cosa: «Fa' che non sia come me».

Era stato accontentato dalla nascita di Tecla, una bellissima bimba che, raggiunti i cinque anni, aveva manifestato in ogni maniera di essere felice nel suo corpo, di identificarsi perfettamente col suo genere e di abbracciare la sé stessa che vedeva nello specchio. Marco era invaso dal sollievo, il suo non era dunque un dolore tramandabile, la sua condizione apparteneva solo a lui, Tecla e Umberto erano salvi. Si era concentrato su questa fortuna, su quelle che erano venute di seguito: la laurea, l'abilitazione, la carriera che era avanzata sino alla nomina di giudice.

– Brava, è meraviglioso! – l'aveva festeggiato Umberto. – Siete ancora troppo poche, in questo Paese, sono certo che porterai avanti con determinazione la vostra battaglia.

E, a suo modo, Marco lo aveva fatto. Lo aveva fatto perfino contro il marito, quando lo aveva scoperto a letto con un'altra.

Erano trascorsi gli anni, Tecla era diventata adulta, scanzonata, graziosa, con una devozione per gli abiti femminili che a lui suonava quasi come un fosco contrappasso. Tecla aveva deciso di studiare moda e design, infine aveva aperto una piccola sartoria. Tutti i primi modelli li aveva fatti su misura per la madre. Colorati, fru fru, graziosi, provocanti. Marco li indossava sempre almeno una volta, per far felice la figlia, poi li riponeva nell'anta sinistra dell'armadio. Con quegli abiti addosso, sentiva il buco gelido nello stomaco riaprirsi a ogni occasione. I severi tailleur giacca-pantalone da giudice non nascondevano comunque abbastanza le forme del suo corpo, ma ormai non aveva piú l'età, né il ruolo, per le felpe e i jeans oversize. Si era adattato a quel che c'era.

Riuscí a fuggire dal bagno prima che la condensa sullo specchio sparisse, senza un filo di trucco. Si vestí e uscí.

Entrò nell'aula con indosso la toga nera, la sentenza già in mano: qualche formalità burocratica e l'avrebbe pronunciata. L'imputato era accanto ai suoi avvocati, la testa china, pronto alla fine.

– Desidera dire qualcosa? – gli chiese prima di leggere quanto decretato.

Si aspettava delle scuse, un tentativo di impietosirlo, come accade spesso.

L'imputato lo sorprese. – Signor giudice, io vorrei solo dire che se potessi tornare indietro farei tutto diversamente. Tutto, sin dal principio. Ma non posso, la mia vita è irreversibile. Niente di ciò che sono può essere disfatto. Quindi merito di essere qui.

Marco sbatté due volte le palpebre, poi abbassò gli occhi sulla sentenza e la lesse.

Fuori dall'aula ebbe un capogiro, si appoggiò al muro con entrambe le mani, subito sopraggiunse un segretario a sostenerlo.

– Signora giudice! Si sente male? Le porto dell'acqua?

Lui scosse la testa, si rimise in piedi, rientrò in ufficio e si tolse la toga.

Ci aveva impiegato un minuto a cambiare per sempre la vita di quell'uomo, e quell'uomo aveva impiegato un minuto a cambiare la sua, con una semplice frase.

Aveva detto che la sua vita era irreversibile, che non poteva disfare ciò che aveva fatto. Neanche lui poteva, eppure si rese conto che invece la sua, di vita – lo comprese nell'epifania di un'istante, nonostante avesse continuato a negarlo a sé stesso –, *era* reversibile.

Negli anni aveva scoperto il nome della sua condizione, che un tempo non ne aveva uno, ma aveva sempre pensato che fosse troppo tardi. Oggi, che quell'uomo era pronto a entrare in prigione, si rese conto che lui, al contrario, poteva decidere di uscire dalla propria. Poteva abbandonare per sempre la bugia ch'era stata la sua vita.

I suoi genitori non c'erano piú, Umberto si era fatto una famiglia con un'altra donna, Tecla ormai era grande e sicura di sé, il successo professionale era arrivato assieme a una certa serenità finanziaria.

Restava solo Cristina con cui fare i conti.

Percorse il tragitto in auto verso casa piú rapido del solito. Una volta entrato, salí in camera e aprí l'anta sinistra dell'armadio. Dall'interno, gli appendiabiti tintinnarono, facendo oscillare i vestiti coloratissimi realizzati con amore da Tecla. Nemmeno li guardò: non erano loro, il nemico.

All'interno dell'anta c'era uno specchio a figura intera che aveva coperto con un panno nero. Lo tolse, poi sollevò gli occhi su di sé, guardò Cristina.

Lentamente, senza mai distogliere lo sguardo, iniziò a levarsi la giacca, i pantaloni, la camicia, le calze, il reggiseno, per ultimi sfilò gli slip. Alzò il braccio destro e si coprí il seno, abbassò la mano sinistra e si coprí il pube.

Lo aveva fatto milioni di volte, eppure seppe che quella era la prima.

Respirò a fondo, chiuse gli occhi per pochi secondi, li riaprí davanti allo specchio.

– Io sono Marco, – disse.

Riccardo

(Quel che rimane)

Il portasapone in ceramica è scheggiato.

Non me ne sono accorto mai.

Potrebbe essere accaduto in qualunque momento, negli ultimi mesi, negli ultimi anni, dal giorno del trasloco in questa casa, solo che non ci ho mai fatto caso fino a qui. I dettagli cominci a notarli sempre quando è troppo tardi. Il passato delle cose inerti con cui condividi la vita. Questo portasapone di ceramica bianca, per esempio. Quando l'ho comprato? E dove? Era nel vecchio appartamento, in cui vivevo con Arianna? Non me lo ricordo mica. E poi perché dovrebbe importarmi di un orribile portasapone a forma di conchiglia, in un passaggio tragico come quello che sto attraversando? Forse perché so che non lo rivedrò piú?

È probabile che mi convinceranno a vendere la casa, per sostenere le spese processuali. Per pagare i danni. La casa e ogni oggetto che contiene, quantomeno quelli di valore, di certo non questo sciocco portasapone scheggiato. Venderanno i mobili del soggiorno, la colonna forno in acciaio satinato, la scrivania d'epoca di mio padre, il tavolo di design. E lui? Finirà nell'immondizia, immagino, come tutte le cose danneggiate, a cui manca un pezzo. Le persone non vogliono vederle, le crepe, le rotture. Non sopportano le mancanze.

Naturalmente, non mi piace l'idea che la mia vita venga svenduta all'asta, ma già so che mi prenderanno per sfinimento: gli avvocati, mia sorella, i creditori. Non faranno troppa fatica, sono sfinito già ora.

Prima, se mi sentivo stanco, andavo a sdraiarmi sulla chaise-longue di pelle nera, accanto alla finestra, chiudevo gli occhi e mi addormentavo subito. Quindici minuti di sonno e mi svegliavo come se avessi dormito ore. È sempre stato il mio segreto. Mi chiedo come farò adesso.

La chaise-longue l'ho pagata un occhio, credevo che l'avrei piazzata in salotto solo per bellezza, esibita come uno status symbol, è stata invece per anni la mia fidata compagna di sonnellini, nonostante la pelle pregiata ma troppo tesa, il design poco anatomico e la firma prestigiosa sulle staffe in metallo. La sentirò, la sua mancanza, quando mi prenderà la stanchezza? La stanchezza del non fare niente, all'inizio, la prostrazione della paura, poi?

Non so nulla del carcere, solo quello che ho potuto vedere nei film.

Se mi basassi sulle pellicole americane dovrei aspettarmi docce con l'idrante, una tuta arancione, per pasto una sbobba liquida nella quale galleggiano vermi bianchi. Mi hanno detto che, invece, non ci saranno divise, che mi devo portare i vestiti da casa, per questo sto facendo la valigia. «Valigia» è un termine sbagliato. «Borsa» va meglio. Roba comoda, hanno raccomandato.

Non ho mai indossato roba particolarmente comoda, non era nel mio stile. Ho giacche di sartoria, completi con gilet e cravatta, scarpe fatte a mano. Molte polo firmate, non mi ero accorto di averne cosí tante. Quasi tutte di colori tenui, spenti, tranne una rossa e una giallo limone. Non ricordo di averla mai messa, mi chiedo perché io l'abbia comprata. Se durante l'interrogatorio mi avessero chiesto:

«Signor Riccardo Baroni, lei ha una polo gialla nel suo guardaroba?» avrei risposto con assoluta certezza di no, che non ce l'avevo. Avrei mentito senza saperlo. Mentre su tante altre faccende ho mentito in piena consapevolezza, anche se alla fine non è servito.

Giro per casa a piedi nudi, guardo nei cassetti, chiudo gli armadi, una portella cigola, la apro, la chiudo, la riapro, la ascolto. Questo rumore mi ha sempre dato fastidio, ma non mi sono mai premurato di sistemarlo. Mi sarebbe bastato metterci due gocce d'olio, oppure lasciarlo fare a qualcuno, uno degli artigiani che chiamavo se qualcosa si guastava. Ne sono passati parecchi, di operai, qui. Non conosco il nome di nessuno. Non m'importava. Come si chiamava, quello con i baffi grigi e l'aria buffa? Era simpatico, ho sempre pensato che si meritasse una bella mancia, ma quando finiva il lavoro io non c'ero mai. A pensarci, ogni volta che qualcosa finiva era come se creassi inconsciamente le condizioni per non esserci. Oggi, invece, mi tocca assistere per forza allo sfacelo ch'è diventata la mia vita.

Saluto tutto, saluto tutti. Anche le persone che mi verranno a trovare, perché oggi saluto pure l'idea che hanno di me: l'uomo di successo che ha fatto una cazzata imperdonabile, l'imprenditore arguto, ben vestito, raffinato, circondato di cose belle. Troppe. Ho riempito la mia vita di oggetti, pochi indispensabili, qualcuno utile, la maggior parte superflui. Forse nell'illusione di riempire di concretezza il vuoto scavato da un'esistenza trascorsa a occuparmi di faccende immateriali, di transazioni, di listini azionari. Oggetti che ora non mi seguiranno. Non me ne potrò portar dietro nessuno, salvo pochi concordati con gli avvocati, di nessun valore. Un libro, qualche fotografia, un vecchio orologio al quarzo che forse scomparirà nel giro di qualche settimana. Fra tutti i pensieri, quello di non poter misurare il tempo è il piú insopportabile.

Il tempo che scorre mi ha sempre affascinato. Il campanile è dall'altra parte della strada, la mattina prima di uscire o la sera al rientro lo sentivo rintoccare, mi faceva piacere. Era un'abitudine e non lo sapevo. Lo era pure accendere la radio su una frequenza casuale, ascoltare qualunque programma trasmettesse, l'accappatoio ancora umido quando scordavo di appenderlo, il lato fresco del cuscino durante il sonno estivo. Anche i rumori della notte, le volte in cui restavo alzato a finire quanto avevo iniziato di giorno, a chiudere i cerchi, a preparare quelli che sarebbero venuti. I passi pesanti del vicino che rincasava tardi, le zampe dei piccioni che graffiavano la grondaia, i ticchettii dei termosifoni quando si raffreddavano. La vita in secondo piano, fuori fuoco, invisibile, che ti accade intorno mentre sei concentrato su te stesso, sui tuoi problemi, che va avanti anche se non trovi il tempo di guardarla, quando non vedi piú neanche la tua.

E, la mia, è tutta qui, nei centosessanta metri quadri di questo appartamento, nel tessuto dei miei vestiti, nei mobili che ho comprato senza mai pensare se mi somigliassero, oppure no. Nelle persone che sono state con me, in quelle che ho allontanato, in quelle che non ho voluto mai.

Finisce oggi. Finisce ora.

Starò dentro undici anni, anche se potrebbero scontarmene qualcuno per buona condotta. Non è servito chiedere scusa, del resto non avrei potuto farlo con tutti i coinvolti. Da oggi, io sarò solo il mio errore, vedranno soltanto la mia caduta, la mia crepa, ridurranno la mia intera esistenza a un tragico e gravissimo inciampo. So bene come funziona.

Tra undici anni non sarà rimasto piú niente della vita che ho conosciuto, forse nemmeno i ricordi. Perché, per costruirli, avrei dovuto prestare piú attenzione.

Chiudo la borsa, ho salutato ogni cosa. E d'un tratto penso che, sí, forse dovrei salutare anche me stesso. Guardarmi come sono ora, come non sarò piú. Dirmi addio.

Il campanello suona. Sono venuti a prendermi, non c'è piú tempo. Forse è meglio cosí. Giro la chiave nella serratura per l'ultima volta, spengo la luce, cerco di imprimermi il rumore flebile dell'interruttore nella testa, voglio ricordare perfino il contatto con il metallo freddo della maniglia, sto per abbassarla, poi lascio cadere la borsa a terra, corro in bagno, afferro il portasapone, lo infilo in tasca. Non so se me lo faranno tenere, ma non voglio che finisca nell'immondizia.

Apro la porta, esco, percorro col dito il punto in cui il portasapone è rotto, sfioro i bordi frastagliati della piccola frattura, tocco la parte dove è saltata la scheggia. Per un attimo mi chiedo che fine avrà fatto il pezzo mancante. Se sarà da anni sul pavimento, nascosto in un angolo, se è caduto nel minimo spazio che c'è tra il lavandino e il muro. Se è stato buttato per sbaglio.

Mi dico che non importa. Che conta quel che rimane, non ciò che si è perso. Che si può continuare a essere quel che si è, nonostante le cicatrici. E che un uomo, forse, alla fine, sta soprattutto in ciò che sceglie di salvare mentre il resto cade giú.

Esco sul vialetto, la volante mi aspetta, alzo gli occhi per l'ultima volta sul mio quartiere, dall'hotel di fronte esce un giovane elegante sulla trentina, di bell'aspetto, trascina un piccolo trolley rosso. Mi guarda per un istante, ha un labbro gonfio e un occhio nero, come se fosse stato preso a pugni. Penso che mi sento esattamente cosí. Quando vede i poliziotti che mi accompagnano, il giovane si gira e cambia direzione, quasi fossi un pericolo per lui. Immagino che dovrò abituarmi anche a questo.

Salgo in auto, accanto a me si siede un agente, mi dico chissà cosa penserebbe se sapesse che stringo un vecchio portasapone nella tasca.

L'orologio del campanile rintocca le otto del mattino.

Il giovane con la faccia pesta sparisce in lontananza, sparisce la mia casa, sparisce la mia vecchia vita, come una scheggia perduta che nessuno ritroverà mai.

Damiano

(Un pensiero quasi gentile)

Lei è in ritardo di oltre mezz'ora e Damiano avrebbe solo voglia di andarsene.

Il cellulare è morto e non gli succede mai, ma non esiste che si metta a chiamarla da una cabina.

Poi: ci sono ancora, le cabine del telefono?, si chiede. Anche fosse, col cellulare scarico non avrebbe modo di recuperare il numero dalla rubrica.

Avevano detto alle diciannove, è sicuro.

Se c'è una cosa che odia è bere da solo in un locale in attesa di. Ha sempre l'impressione che tutti lo guardino e lo compatiscano, ne farebbe volentieri a meno.

Ha quasi finito il vino ed è irritato. Avrebbe voluto brindare con lei, invece si trova in una città che non è la sua, in un bar che non ha scelto, aspettando una persona che, al contrario, lo ha scelto con attenzione.

Il piano prevedeva un paio di aperitivi seri, cena in riva al mare e quindi la serata avrebbe preso la giusta piega. Quella che prende di solito.

Il bicchiere è vuoto e Damiano ha voglia di fumare. Fa un cenno al barman come a dire «un altro giro» ed esce. Le concederà ancora dieci minuti, al massimo. Fuori l'aria è tiepida e buonissima e profuma come se stesse per piovere. Si accende una sigaretta, dopo un paio di boccate sente una mano sulla spalla. Eccola, finalmente. Si volta con lo sguardo del muto rimprovero e l'aria piú da James Dean che gli viene, pronto a incontrare gli occhi di Laura.

Alla mano è però attaccato un tizio.

– Sei Damiano? – esordisce diretto.

Damiano annuisce per istinto, senza chiedersi come mai in quella città ci sia qualcuno che lo conosce.

– Laura non può venire, – prosegue il proprietario della mano. È alto, sui quaranta, occhi piccoli ma intensi.

– Eh? È successo qualcosa? Tu chi sei?

Ci arriva con un istante di ritardo.

– E secondo te chi sono, *stronzo*? – gli conferma il tizio, spintonandolo un metro indietro.

Ecco, pensa Damiano, non solo mi ha fatto aspettare, ma quella stupida si è fatta pure scoprire.

– Senti, non voglio litigare, okay?

– Tu non *vuoi*...?

Damiano intuisce il destro in anticipo. Lo faceva uno piú da testata, cosí a occhio. Non ha voglia di menar le mani, né di fargli male, perciò decide di incassare accompagnando appena il movimento. Cade a terra, esagerando il tuffo, sperando che sia finita lí. Di solito, a orgoglio ripristinato, se ne vanno subito per paura della reazione, e lui si risparmia la fatica. Stavolta, invece, il tipo è entrato bene nella parte e infierisce. Damiano dal marciapiede non riesce proprio a evitare il calcio. Costato pieno. Fa male da togliere il fiato. Cerca di alzarsi ma è tardi, ha commesso un errore e ora gli tocca prenderle come un ragazzino. Per fortuna il tipo non è un granché e finisce in fretta.

Quando torna in hotel, nota un assembramento di donne davanti al piccolo cinema lí di fronte. Sono quasi tutte anziane. Dànno un vecchio film polacco, si meraviglia nel vedere tanta gente per una pellicola cosí. Dalla parte opposta della strada, un vecchio solo dall'aria impaziente scruta una vetrina di annunci immobiliari. Magari cerca una casa, pensa Damiano. Gli piace immaginare per lui una vita nuova.

Entra nella hall, sale in camera, butta la giacca sul letto, si guarda nello specchio del bagno: va meglio di quel che credeva. La faccia è quasi a posto, a parte l'occhio e il labbro. Le costole e una tibia sono un po' indolenzite, ma niente di che. Si siede sul letto, mette il cellulare in carica e dopo un paio di minuti lo riaccende. Quattro *tlin* gli confermano ciò che già sa. Tre chiamate e un messaggio. Provengono dallo stesso numero.

«Carlo ha scoperto tutto e sta venendo lí, vattene non appena leggi il mex!»

Damiano accenna un mezzo sorriso ed è indeciso se rispondere o no. Non fa in tempo a completare il pensiero che il telefono squilla. «Laura 40» recita il display.

Lo lascia suonare finché non smette, poi scrive: «Nessun problema, festeggeremo la settimana prossima. Sempre che tu riesca a trovare una scusa credibile. Comunque il destro di tuo marito non vale niente».

Sa di essere stato crudele, un po' si pente. In fondo il marito di Laura è già stato punito da sua moglie. Damiano non la giudica per questo, giudicare le vite degli altri non è il suo lavoro. Il suo lavoro è offrire opportunità. E se una donna ti tradisce una ragione c'è sempre, anche se gli uomini non la vedono quasi mai.

Ci sono giorni in cui si pensa un benefattore. Grazie a lui, donne che non avrebbero mai accesso a un corpo come il suo, possono farlo. Grazie a quelli come lui, ci sono unioni che durano molto piú del dovuto, mogli che provano piaceri mai sospettati, donne che lo hanno fatto con un unico uomo e che possono concedersi, almeno per una sera, l'avventura di una differenza. Senza pericoli, senza patemi, senza avere a che fare con squilibrati. Risultato garantito. Certo, basta non farsi scoprire come Laura.

Si gira su un fianco, accende la tivú e prova a dormire, tanto ormai la serata è andata. C'è un documentario sui cigni. Si ricorda quella vecchia storia che i cigni trascorrono tutta la vita con lo stesso compagno. Forse è per questo che sono cosí cattivi, anche se sembrano angelici, pensa. Per passare una vita intera insieme ci vuole una fiducia visionaria, non è roba da cigni. Non è roba neanche per la maggior parte degli esseri umani, o non esisterebbero professioni come la sua.

Il telefono squilla di nuovo, il numero è sconosciuto.

– Pronto?

Una voce femminile gli chiede un appuntamento per sabato. Va bene, dice Damiano.

È la prima volta che la sente. Parlano un po'. La voce gli chiede cose, informazioni, possibilità, dice il nome di chi le ha dato il numero, come a voler fornire garanzie. La voce è esile, evidentemente poco a suo agio con la situazione, questo non la ferma. Dice che vuole vendicarsi del tradimento del marito, però senza ferire terzi. Senza illudere un altro uomo, che userebbe solo per il suo scopo. Per questo ha contattato lui. A Damiano sembra un pensiero quasi gentile, delicato, un modo per contenere i danni del proprio rancore. La vendetta chirurgica di un cecchino, anziché l'esplosione vile e scomposta di un dinamitardo.

Damiano attende paziente l'ultima domanda.

È una domanda che molte donne, secondo lui, sognano di fare almeno una volta.

E ogni volta si dice che è strano, perché gli uomini è in genere la prima cosa che chiedono.

Invece le donne che gli capita di incontrare, dopo aver cercato di capire che tipo sei e averti immaginato fin nel piú piccolo dettaglio – che siano mogli amate male, zitelle danarose, giovani in cerca di emozioni, perfino anziane alla riscoperta di antichi fasti –, è solo alla fine, quando stanno per riagganciare, che quasi cambiano voce mentre si preparano a dirtelo e si gustano tutto lí, fino in fondo e in punta di labbra, quel:

«Quanto?»

Eugenio

(Primo appuntamento)

Eugenio non aveva mai davvero parlato con sua moglie.

Era strano, a pensarci, se ne rendeva conto, ma, superato il periodo del fidanzamento, era riuscito a stare insieme a lei per piú di quarant'anni senza dirle quasi niente, al di fuori dei pochi scambi su questioni pratiche o di quotidianità spicciola.

Se vai al supermercato prendimi la Moretti. Lunedí porto io Giulio a scuola. Ti lascio i soldi per l'idraulico nel cassetto in soggiorno. Cose cosí. Il loro matrimonio era cresciuto su una stenografia comunicativa fatta, per la maggior parte, di piccole incombenze da evadere che avevano poco per volta inghiottito il resto.

Il punto è che nessuno gli aveva mai spiegato come comportarsi, era figlio di una generazione che non aveva mai fatto del dialogo con le consorti il suo vessillo, e le cose erano andate come dovevano. Si erano sposati presto, era arrivato subito un bambino, e va detto che Eugenio pure con Giulio non aveva mai avuto un gran dialogo, ma in quel caso aveva sempre saputo di essere nel giusto: l'esempio e il silenzio sono le migliori lezioni che puoi impartire a un figlio, questo gli aveva insegnato suo padre. In seguito, era cominciato il lavoro nella fabbrica di sedie e infine aveva aperto l'azienda in proprio.

Le migliori sedie della provincia le costruiva lui. In legno massello, come si facevano un tempo, con la seduta in paglia intrecciata oppure in frassino, robuste, affidabili e che duravano una vita. Cosa c'è di piú concreto di una sedia? Come il suo matrimonio, dopotutto. Che poi era quello che gli rimproverava sua moglie Ines: «Tu ti sei sposato e ti sei seduto, – gli diceva, – non posso neanche accusarti di incoerenza».

Eugenio non aveva mai capito che ci fosse di male a sedersi, lui non aveva mai amato correre. La vita vera, gli sembrava, era nel coraggio dell'immobilità. Chi si siede in attesa di qualcosa o qualcuno. Chi si siede per sparire agli occhi della gente. Chi si siede per guardare in silenzio. Chi si siede per tirare il fiato. O perlomeno cosí aveva sempre creduto.

Poi un mattino, senza preavviso, nel suo matrimonio Eugenio decise di alzarsi.

La nuova consapevolezza lo assalí come una febbre: si accorse che con sua moglie voleva parlare, che voleva conoscerne i pensieri, condividerne i desideri. Accadde senza spiegazione, in un momento specifico, che spesso nell'esistenza di un uomo rappresenta una malinconia e un'epifania insieme: il primo giorno di pensione.

Lo aveva sempre immaginato come una specie di nuovo inizio, una liberazione, finalmente avrebbero avuto il tempo di fare tutto quello che avevano rimandato troppo a lungo.

Solo che Ines non c'era mai, non c'era piú.

Sulle prime, credette addirittura che lei potesse avere un amante, data la quantità di tempo che passava fuori casa. E una parte di lui pensava quasi di meritarselo. Comprese presto, però, che la verità era piú elementare.

Ines si era da anni costruita una vita autonoma in cui Eugenio, semplicemente, non trovava posto: il lunedí aveva il corso di ceramica. Il martedí e il venerdí il gruppo di lettura e l'attività con i bambini nella biblioteca del paese. Il giovedí il cineforum. Il weekend, spesso, Ines partecipava a gite in pullman con le amiche, mentre lui sonnecchiava sul divano o si occupava dell'orto, l'ultima visita era stata a Sabbioneta. Il tempo che restava era quasi sempre occupato dai nipoti, soprattutto da Giada, che doveva essere accompagnata a danza e a pallavolo nel doposcuola, mentre Pietro ormai era grande e poteva badare a sé, anche se custodiva fragilità nascoste. Le mattine di Ines, infine, erano riempite dall'attività di volontariato presso l'ospedale, con quel gruppo dal nome strano, come le chiamava, il suo amico Alberto? Le dame di carità? Tutte faccende di cui lui un po' non si era mai occupato e un po' non si era mai accorto, preso di continuo dalla fabbrica e dai problemi e dalle commesse e dalle fatture e dai dipendenti e dalla vita.

Adesso, invece, l'improvviso privilegio di un tempo vuoto, nuovo, da riempire gli restituiva l'amara evidenza: Eugenio era rimasto da solo. Il suo matrimonio erano due vite parallele.

Una sera glielo disse.

– Ines, tu a casa non ci sei mai.

– E quindi? Tu non ci sei stato per quarant'anni, – gli rispose lei. – Nemmeno la notte, ci sei piú, – aggiunse con una stilettata di risentimento che Eugenio non pensava di meritare. Si riferiva al fatto che Eugenio, da qualche tempo, dormiva nella vecchia stanza di Giulio. Aveva iniziato a farlo per rispetto della moglie, perché lui, soffrendo d'insonnia, guardava la tivú fino a tardi e l'avrebbe tenuta sveglia. Solo che poi le eccezioni diventano pian piano un'abitudine e, si sa, l'abitudine vince sempre.

Eugenio si trovò d'un tratto nella sua vita come un soprammobile ingombrante. Ines gli girava attorno, si occupava delle sue cose, prendeva le sue decisioni, usciva e rientrava, senza quasi considerarlo.

Una mattina Eugenio la osservò mentre lei si preparava, si stava infilando gli orecchini davanti allo specchio. Pensò che quegli orecchini non li aveva mai visti, e di colpo provò nostalgia di un gesto che non aveva mai fatto: desiderò essere stato lui a regalarglieli. Purtroppo non era cosí.

Ines, avrebbe voluto dire accarezzando le orecchie di sua moglie, i lobi allungati dagli anni, il profilo morbido: gettiamoci il passato alle spalle. Siamo ancora vivi, perdio. Guardami, sono un uomo tornato a casa dal lavoro per l'ultima volta. Non cancelliamo proprio adesso la felice promessa di invecchiare sereni insieme. Te la ricordi? Non voglio invecchiare da solo mentre tu sei impegnata altrove. So che non posso, che non voglio piú fare il marito come si faceva un tempo, come l'ho sempre fatto, ma non mi è ancora chiaro un modo nuovo. Da chi potrei impararlo? Come si annullano quarant'anni di silenzio?

Ecco quel che avrebbe voluto dirle, ma non poteva. Temeva troppo le risposte. Per questo doveva cercarne altre, doveva cercarle fuori di lí.

Un martedí pomeriggio si accorse che una delle sue risposte era sempre stata davanti a lui. Il problema è che era nascosta dall'invidia, offuscata dall'orgoglio.

Da un po', Eugenio osservava il tassista che abitava dalla parte opposta della via.

Si era trasferito nel quartiere da un paio d'anni, si erano salutati qualche volta, e anche se in alcune occasioni Eugenio aveva avuto l'impressione che il tassista volesse andare oltre i convenevoli, proseguendo il dialogo, lui non gli aveva concesso la confidenza ed era rientrato frettoloso in casa.

Si chiamava Mario. Partiva col suo taxi la mattina alle otto, oppure rientrava all'alba dopo il turno di notte. Eugenio lo vedeva la sera, quando usciva con la moglie per andare in balera – cosí la chiamava lui, gliel'aveva sentito dire una volta –, entrambi agghindati come in un film di Fellini. Lo vedeva al mattino, prima di attaccare il turno, che la accompagnava al lavoro in taxi, facendola salire dietro, aprendole la portiera, giocando alla contessa col suo chauffeur, o come si dice, li vedeva rientrare insieme dalla spesa, nel fine settimana li osservava fare le grigliate in giardino, scherzando con gli amici e con i nipotini, fino al pomeriggio inoltrato, mentre lui e Ines, ormai, da che gli avevano diagnosticato il diabete, la domenica pranzavano in maniera frugale, a mezzogiorno in punto, e a mezzogiorno e venti la cucina era già rigovernata. Li vedeva quando uscivano per andare a teatro, invece di affondare davanti a un varietà in tivú. Li notava soprattutto quando rientravano, la sera tardi o a notte fonda, ne sentiva le risate che attraversavano la strada, penetravano come spifferi dalla finestra con la loro testimonianza di vitalità, mentre l'insonnia lo rendeva suo malgrado vigile e solitario.

Mario, il tassista, sembrava detenere il segreto della felicità coniugale. Per questo un giorno, durante un'uscita di Ines, Eugenio gli si avvicinò. Stava trafficando col taxi sul vialetto.

– Ehi, – disse.

– Buonasera, – disse Mario.

– Senta, – disse Eugenio, – io... volevo confessarle che l'ho odiata per parecchio tempo.

Mario rimase perplesso.

– Ah, – disse. – Son cose che fanno piacere.

– Ma adesso, adesso no, – si giustificò Eugenio.

– Mi pare un grosso passo avanti, – sorrise Mario.

– Ora, al contrario, come dire…

– Dica.

– Io, ecco, avrei bisogno del suo aiuto.

Le parole gli uscirono con l'intonazione di una supplica.

– Va bene, – disse Mario, intuendo l'urgenza. – Venga dentro, ci beviamo un bicchiere e mi spiega tutto.

Eugenio guardò l'uomo davanti a sé, era ammirato dalla sua semplicità priva di esitazioni, accettò l'invito e lo seguí. Si sedettero in cucina, la moglie di Mario doveva ancora rientrare. Lui rovistò in frigo e ne estrasse una bottiglia di vino, la stappò.

– Vermentino di Sardegna, – disse.

– Per me è presto, – disse Eugenio.

– Va bene, allora lo berrà alla fine, – e gli riempí lo stesso il bicchiere.

I due si guardarono in silenzio.

– Ho trascorso tutta la vita aspettando, – esordí Eugenio, dal nulla.

– Aspettando cosa? – chiese Mario.

– Di preciso non lo so. Che il lavoro da fare finisse. Che arrivasse il momento buono. Che prima o poi qualcosa accadesse. Di avere tempo, soprattutto, credo.

– Capisco.

– Solo che adesso che il momento buono è arrivato non può piú succedere niente.

– Niente in che ambito?

– Mia moglie, – ammise Eugenio.

– Ah, guardi, se vuole consigli sulle mogli temo di non essere la persona adatta.

– Ma come? Lei e la sua sembrate cosí uniti, cosí felici.

– È la mia terza moglie.

– Cosa?

Mario rise.

– Ha capito bene, – aggiunse. – Clara è la mia terza moglie. Con le altre due è finita male.

– Stento davvero a crederci. Lei sembra un uomo talmente... premuroso.

– Senti, Eugenio, – disse Mario. – Possiamo darci del tu? In fondo non abbiamo che... quanti? Cinque anni di differenza? Sei?

– Ma certo, – disse Eugenio, nel tono il rammarico di non averlo proposto per primo.

– Eugenio, – disse, – innanzitutto non mi hai ancora spiegato perché mi odiavi.

Eugenio abbassò lo sguardo sul pavimento.

– Perché ti invidiavo. Vi invidiavo. Era come se tu, insomma, voi, esibiste di continuo la vostra sintonia. Mi mettevate davanti, solo con la vostra esistenza, la miseria del mio matrimonio.

– Capisco.

– Io invece no, non capisco. Vorrei sapere come si fa.

– Come si fa cosa?

– A essere un marito come te.

– Mh, – disse. – Quindi m'invidi ancora.

Eugenio arrossí, Mario scoppiò di nuovo a ridere.

– Scusa, scusa, – disse. Appoggiò piano una mano sulla spalla di Eugenio, lui non se l'aspettava ed ebbe un sussulto.

– Allora, diciamo che alla seconda moglie ho capito una cosa. Un segreto, ecco.

– Che segreto?

– Il punto è che credevo che il far funzionare una relazione avesse a che vedere con l'incontrare la persona giusta.

– Non è cosí?

– No.

– Come sarebbe?

– Non fraintendermi, è chiaro che la persona che scegli è importante. È questo il primo passo, no?

– Certo.

– Solo che dopo, quando le cose si fanno difficili, perché si fanno sempre difficili, crediamo spesso che il problema sia stato la scelta.

Eugenio pensò che lui non lo aveva mai creduto, si disse che Ines era la sola con cui avesse mai immaginato di stare. Che poi forse era parte del suo, di problema, la ragione per cui senza di lei si sentiva perduto.

– Insomma, la paura che sentiamo, – proseguí Eugenio, – quantomeno quella che sentono gli sprovveduti come me, a volte è data proprio dalla nostra capacità di scegliere una strada piuttosto che un'altra, una persona invece che un'altra, senza sapere se stiamo facendo una scelta giusta o sbagliata. Ma se togli questo elemento, se togli il «cosa» o il «chi» amare e ti poni solo il problema del «come», d'un tratto puoi sentirti libero. E allora l'istinto smette di essere quello di rinunciare, o di desiderare un'altra persona, un tempo diverso, un altro luogo, e diventa quello di perseverare. Di desiderare ciò che hai. Di stare lí. Il resto, in un certo senso, vien da sé.

– Cioè, è una di quelle cose tipo vivi ogni giorno come se fosse l'ultimo?

– Mmh, no. Direi il contrario. Vivi ogni giorno come se fosse il primo. Vivi il tuo amore come se non avessi scelta. Perché in effetti non ce l'hai, ecco cos'è un impegno, – gli disse. – Ma non lo devo certo insegnare a te. E l'occasione di dimostrarlo, quell'impegno, è sempre qui, nella relazione che stai già vivendo, anche se io l'ho capito tardi, quando avevo già fatto troppi danni.

– È proprio come mi sento io. Però non so come fare, perché mi sembra di intrufolarmi nella vita di mia moglie, di interferire con i suoi equilibri resi perfetti da tutto il tempo in cui non ci sono stato. E adesso è come se fosse arrabbiata perché ho cambiato improvvisamente i piani. Non posso neanche rimproverarle niente. Non posso arrivare ora e dirle: smetti tutto, guardami, occupati di me.

– Eugenio, – disse Mario, – non è lei che deve occuparsi di te. Sei tu che devi occuparti di lei.

Eugenio trasalí.

– Sí, certo, – disse.

– E hai tutto dalla tua, – concluse Mario. – Pensa alla bellezza del ritrovarsi, a quasi settant'anni, quando ormai quel che è stato è stato, e in genere siamo induriti nelle nostre abitudini inerti e nella convinzione di conoscere già il tristissimo finale.

– Sí, ma come ritrovarci?

– Be', non si dice che invecchiare è un po' come tornare bambini? E tu tornaci.

– Che intendi?

– Torna un po' indietro per andare avanti meglio. Ricordati della ragazza alla quale ti sei dichiarato, quanti? Quarant'anni fa? Quarantacinque? Cinquanta? Tu credi che sia scomparsa, non la vedi piú. Ma in realtà è ancora lí, è ancora dentro di lei. Ed è quella ragazza a essere arrabbiata con te, non tua moglie. Come si corteggia una ragazza? Te lo ricordi?

Eugenio annuí, anche se non ne era affatto sicuro.

– Adesso puoi bere il vino, – disse Mario indicando il calice.

– E tu? – chiese Eugenio.

– Io attacco il turno a breve, per me solo gingerino, –

disse stappando una bottiglietta e sollevandola in alto per brindare.

Tornando a casa, Eugenio rifletté su quanto si erano detti. Ciò che mentre parlavano gli era parso cosí ovvio gli sembrava adesso pretestuoso e inutile. Corteggiare sua moglie, che cosa patetica e fuori tempo. Entrò, appoggiò le chiavi sul tavolino, arrivò in soggiorno e solo allora si accorse che Ines era seduta sul divano.

– Sei tornata, – disse.

– Sí, – disse lei. – Anche tu, vedo. Dov'eri?

– Io, ah, ero, – disse Eugenio, poi si bloccò. Non voleva dirle dov'era stato, ci fu qualche secondo di silenzio.

– Non importa, – disse lei.

Lui cercò di recuperare, ma non gli veniva in mente niente, non poteva dirle la verità, però non voleva nemmeno che a sua moglie non importasse.

– Ero a casa di Mario, – disse infine.

– Chi? – domandò lei.

– Mario, il tassista, – disse lui indicando in direzione della finestra.

Ines lo guardò sbalordita.

– Siete amici? Da quando?

– No, no, che amici, mi ha solo chiesto un consiglio. Ha in cucina delle vecchie sedie di mogano, una si è rotta e voleva sapere dove trovarne di uguali.

– Ma pensa.

– Ines, senti, – esitò.

– Sí?

Eugenio si disse che in fondo non sapeva nulla di come si corteggia una donna, non sapeva come le si parla, non l'aveva mai saputo. Forse per questo la frase gli uscí col tono incerto di un ragazzino che chiede una possibilità.

– Stasera posso portarti al ristorante?

– Cosa?

– Stasera, – disse ancora, – ti andrebbe di uscire insieme?

Lei lo guardò, incredula.

– Veramente no, – disse. – E comunque ho già preparato la cena.

– Allora domani a pranzo? – insistette lui.

– Domani a pranzo sono da Emma, e nel pomeriggio devo accompagnare Giada a pallavolo, lo sai.

– Allora… – provò a dire ancora, ma d'un tratto gli parve tutto ridicolo e privo di senso. Tacque, frustrato.

– Poi cos'è questo rinnovato interesse per il cibo? – disse lei. – E il tuo diabete?

– Il mio diabete non cambierà per un pasto fuori con mia moglie, – disse lui. – Allora faremo un altro giorno.

Si tolse le scarpe, s'infilò le ciabatte e si avvicinò alle scale per salire nella vecchia camera di Giulio.

– Però, – disse lei, – se vuoi puoi venire al cineforum giovedí, ti va?

Eugenio si girò. Non capiva se fosse un'apertura o una concessione compassionevole o che.

– Ah, va bene! – disse.

– È un film polacco, ti avviso. Prometti di non addormentarti?

– Ma certo, ci mancherebbe.

La verità era che il cinema non lo convinceva. Lui avrebbe voluto parlare con lei, divisi da un tavolino e due bicchieri, porle domande in territorio neutro – perché, certo, avrebbe potuto farlo a casa, ma non era lo stesso –, invece il cinema era un posto in cui si doveva stare in silenzio. Proprio quel silenzio da cui sentiva disperatamente la necessità di uscire. Ma va bene, un passo alla volta, si disse.

Attese giovedí come si attende il risultato di un esame. Pensò per tutto il tempo a cosa indossare, per apparire diverso dal solito. Stava provando una vecchia giacca di velluto nell'armadio, quando squillò il telefono.

– Io andrò diretta in sala perché vengo dall'ospedale, – disse la voce di Ines. – Mi raggiungi là?

Lui si era immaginato il viaggio in auto insieme, l'intimità dell'abitacolo, lo scambio di qualche battuta. Ma forse era meglio cosí.

– D'accordo, – disse.

Parcheggiò davanti al cinema con quarantacinque minuti di anticipo. Quando Ines arrivò stava guardando un annuncio immobiliare in una vetrina.

– Stai valutando di cambiare casa? – disse lei.

– Cosa? – disse lui, preso alla sprovvista.

– Scherzavo, – disse Ines. – Andiamo che comincia.

Entrarono nella sala già buia, gli occhi ci impiegarono un po' per abituarsi. A lei piaceva mettersi nelle ultime file, Eugenio lo sapeva. Si sedettero in fondo, lui pensò che avrebbe avuto problemi a vedere bene. Non gli importava.

Il film era un incomprensibile polpettone in bianco e nero, ambientato in una campagna arida e innevata. Si sforzò di seguirlo. Nell'oscurità della sala le loro mani si sfiorarono per caso sul bracciolo della poltroncina, e Ines subito ritrasse la sua, come se quella di Eugenio scottasse. Lui ci rimase un po' male, ricordò i tempi in cui al cinema andavano proprio per toccarsi. Sessantotto anni sono troppi per pomiciare durante una proiezione, pensò. Fu in quel momento che sentí la mano di Ines tornare accanto la sua. Il mignolo destro di lei toccò il sinistro di lui.

Restarono cosí, a guardare un film polacco con i sottotitoli in inglese, i mignoli vicini. Eugenio non capiva una parola perché l'inglese non lo sapeva, anche Ines ne era al corrente, lui espresse il pensiero a voce alta.

– E cosa cambia? – disse lei. – Tanto è tutta la vita che non capisci niente. Vuoi iniziare proprio oggi?

Lui non si aspettava quella battuta crudele, lei invece gli carezzò la mano e prese a ridere, prima piano, poi sempre piú forte, rise anche lui, qualcuno in sala si lamentò. Mentre ascoltava la risata di Ines, Eugenio ricordò il loro primo bacio, millenni addietro, proprio fuori da un cinema dopo un film perdibile, lui che le aveva chiesto di fare due passi, lei che aveva acconsentito, un quarto d'ora a camminare in silenzio e poi lui l'aveva cinta come se l'avesse sempre fatto, aveva appoggiato la bocca sulla sua. Quanto gli sembrava tutto lontano e irrimediabilmente perduto. Ma quanto, d'improvviso, il cinema gli parve il posto perfetto per quel loro incontro. Forse lei ci aveva pensato, si disse. Forse è solo un caso.

– Ines, – sussurrò nel buio della sala.

– Sí, Eugenio, lo so, – disse lei.

Dopo il film rientrarono in auto, in silenzio, e lui per la prima volta ebbe la sensazione che fosse un silenzio diverso. Come quello di due persone che non sentono il desiderio di riempirlo, perché stanno bene cosí.

A casa, mentre lei si toglieva le scarpe e lui appendeva la giacca, Eugenio si ricordò della conversazione avuta con Mario.

Tornare un po' indietro per andare avanti meglio, si ripeté.

– Ines, – disse.

– Sí?

– Io pensavo… – titubò. – Pensavo che stasera, cioè stanotte, mi piacerebbe dormire nella nostra camera. Cioè, insieme a te.

– Ma sei pazzo? – disse Ines. – È fuori discussione.

Eugenio ammutolí davanti a un rifiuto cosí netto. Si

pentí della sua richiesta affrettata, o forse semplicemente del suo pessimo tempismo. Avrei dovuto saperlo, si disse, guardando a terra.

Lei gli si avvicinò.

– Io sono una ragazza perbene, – aggiunse sorridendo, – non mi concedo mai al primo appuntamento.

Mario

(Tu hai fatto il guaio, tu risolvi)

Se devo dire la verità, io in aeroporto evito proprio di andarci. È un tragitto scomodo, per arrivare devo abbandonare il centro, percorrere due tangenziali sempre intasate, e il ritorno, se trovo traffico, mi rende la corsa poco conveniente. Preferisco non prendere quelle chiamate, anche la centralinista lo sa.

– Mario, sei il tassista piú schizzinoso che conosco! – mi dice.

– Sono anche il piú bello, – rispondo io, e le faccio l'occhiolino.

Lei ride, perché sa che non deve prendermi sul serio. Sull'occhiolino, intendo, dato che sono forse il tassista piú anziano dell'intera città. Ma ancora un anno al massimo e poi fine dei giochi, venderò la licenza e sarà mia moglie a scarrozzarmi in giro, non intendo mettere mai piú le mani su un volante. Mi pregusto il momento da quando mi è nato l'ultimo nipotino, sto progettando pomeriggi allo stadio, fughe al parco e di sperperare un po' di risparmi comprandogli quei giochi stupidi che mia figlia si rifiuta anche solo di considerare. Mi dice sempre che io la pedagogia non so nemmeno dove stia di casa, e ogni volta glielo confermo al cento per cento. Non mi interessa educarlo, io voglio viziarlo, che diamine, sono un nonno! Fino alla prossima estate, però, continuerò ogni giorno a fare le mie nove ore. Oggi avrei dovuto attaccare nel pomeriggio, stavo già salendo in macchina ma il mio dirimpettaio mi ha fermato per parlarmi di un problema che sta avendo con la moglie. Mi dispiaceva liquidarlo in fretta, ho l'impressione che sia un uomo un po' solo e che conceda confidenza di rado. Quindi l'ho invitato a entrare ed è andata a finire che sono uscito in ritardo.

L'inizio è stato fiacco, complice anche il sole di oggi, con la pioggia lavoriamo di piú. Insomma, alle sette mi sono reso conto che ero molto al di sotto della mia media di guadagno. E cosí, quando ho ricevuto la richiesta per una corsa in aeroporto e nessuno ha risposto nei primi quindici secondi, mi sono detto: «E che diavolo, per una volta!» e l'ho presa io. A dover partire era un tizio in completo scuro e camicia e cravatta che per tutto il tempo è rimasto al telefono a litigare con qualcuno.

– No, Giovanni. Mi dispiace ma non te le tolgo, le castagne dal fuoco, stavolta. TU hai fatto il guaio, TU risolvi! – sbraitava.

Per carità, io non sono un tipo che vuole chiacchierare a ogni costo, tengo la radio accesa a volume moderato e, se al cliente fa piacere scambiare due parole, non mi tiro certo indietro.

– Ah, davvero? Non te ne sei accorto? Pensa un po'. Eppure la firma sul contratto era la tua. Sí, esatto, è proprio a questo che mi riferisco, non rigirare la frittata!

Però era davvero fastidioso, avevo l'impressione che quel tizio *volesse* litigare con la persona con cui parlava, anzi, che desiderasse litigare a prescindere, con chiunque gli fosse capitato a tiro, e quel qualcuno di certo non volevo essere io.

– Quel che non capisci è che ora io parto, me ne vado, ti lascio da solo a risolvere la questione. Se ci riesci, bene. Ma se non ci riesci, io sarò a settecento chilometri di distanza, e fidati che per me sono ancora pochi!

Mi sono fatto tutto il viaggio in quell'atmosfera pesante che non accennava a risolversi, e quasi mi sono pentito di aver accettato la chiamata, anche se il trasporto in aeroporto è a tariffa fissa, e non si tratta di una cifra piccola. Appena arrivato, ho aiutato quel signore a prendere le valigie e lui, al momento di pagare, mi ha allungato una bella mancia.

– Per quello che si è dovuto sorbire, – ha detto tra i denti.

– Oh, io non ho sentito niente, – ho risposto.

Lui mi ha guardato per un attimo, ha quasi sorriso.

– Lei ha fratelli, per caso? – mi ha chiesto.

Prima che potessi rispondere, ha fatto un gesto come dire lasci perdere e si è avviato verso l'ingresso. Io sono ripartito sperando di trovare poco traffico, cosí forse una o due corse sarei riuscito a farmele, prima di staccare. Ero a metà della tangenziale quando ho iniziato a intravedere un po' di luci dei freni che si accendevano davanti a me, quindi ho preso l'uscita piú vicina. Sarei passato accanto alla zona industriale, che a quell'ora è sempre tranquilla. Forse è vero che sono schizzinoso, ma nemmeno quel percorso mi piace tanto, tutto capannoni, cupo, a tratti illuminato male. Speravo di uscirne alla svelta, quando ho visto una persona scendere dal marciapiede e sventolare una mano. Mi fanno venire il nervoso, quelli che fanno cosí, non siamo mica in America, dove fermi i taxi buttandoti sotto. Ho sterzato per superarla ma, all'ultimo, mi sono accorto che si trattava di una ragazza, una ragazza con una pancia enorme! Mi sono subito fermato, ho accostato e sono sceso.

– Signorina, ma cosa ci fa qua fuori, di sera, nelle sue condizioni? – le ho detto.

Lei mi ha afferrato una spalla, l'ha stretta forte, quasi da far male.

– Non sono signorina, – ha detto. – E non abito molto lontano. Facevo due passi per alleviare il mal di schiena.

– Venga, l'accompagno a casa io, – l'ho invitata indicando il taxi.

Ma lei non mi mollava la spalla.

– Non a casa... – ha detto stringendo i denti. – Questo stronzetto ha deciso di nascere adesso!

Ecco, è vero che sono il tassista piú anziano della città, ed è vero che sono quello con maggiore esperienza, ho talmente tante storie da raccontare che i miei colleghi mi chiamano Bibbia. Ma questa non mi era ancora mai capitata. Ho messo un braccio intorno alla schiena della ragazza e l'ho fatta avvicinare all'auto, mentre in silenzio calcolavo la distanza da ciascun ospedale. Il piú vicino non era proprio il migliore, se avessi potuto sarei andato in un altro, che distava dal primo circa venti minuti, ma mi è sembrato subito evidente che non sarei stato io a decidere la destinazione.

– Mi porti al pronto soccorso! Ora! – ha strillato la ragazza.

Non sapevo se avesse con sé soldi, o documenti. Era senza borsa, indossava solo un vestitone ampio a fiori, apparentemente senza tasche. In quell'istante però non mi pareva il caso di pensarci, perciò sono partito veloce, ma non troppo, perché invece di sedersi la ragazza si era sdraiata sul sedile posteriore e non aveva messo la cintura.

– Deve allacciarsi, – le ho detto. – È pericoloso.

– Non posso! – ha risposto con la voce strozzata.

Io l'ho detto, non sono uno che vuole chiacchierare per forza, ma quella era una situazione eccezionale e, se non ne aveva bisogno lei, ne avevo bisogno io.

– Ma perché si trovava lí, in mezzo alla strada? Da sola? – l'ho rimproverata.

– Mi hanno detto di camminare... se il bambino non si muove...

– Benedetta ragazza, camminare si cammina in casa, quando si aspetta. Piano, sul vialetto davanti...

– Non ce l'ho... un vialetto, – mi ha risposto.

E allora, non so perché, mi sono figurato che fosse una di quelle povere ragazze infelici che fanno una vita disgraziata, costrette a cose ignobili.

– Vuole che avvisi qualcuno?

– No... non serve, – ha detto. – Mio marito è in un posto in aperta campagna, il suo cellulare non prende, gli ho già lasciato due messaggi.

– In aperta campagna? – ho ripetuto, e avrei voluto aggiungere: «Con lei in queste condizioni?»

– Il bambino è in anticipo, non potevamo prevedere... – e si è interrotta senza concludere la frase. Subito dopo ha iniziato a lamentarsi. Mentre rientravamo in città avevo già preso la mia decisione: l'avrei portata in ospedale e sarei rimasto con lei fino al termine del parto, visto che non aveva nessuno.

– Stia tranquilla, cara. Adesso ci sono io.

– FERMO! – ha urlato.

Ho inchiodato per lo spavento. Mi sono voltato di scatto e lí, sotto la luce gialla dei lampioni, ho visto che il sedile posteriore era bagnato, proprio come il vestito a fiori della ragazza.

– Oddio, – ha sussurrato spaventata, – le contrazioni stanno aumentando troppo in fretta! – ed è stato quello l'attimo in cui ho capito che non c'era piú niente da capire.

Mi sono guardato attorno. Di fianco a noi sfilavano veloci le auto, sul marciapiede non c'era nessuno. Ho infilato il muso del taxi nella rientranza di un passo carrabile e sono sceso con il telefono in mano.

– Chiamo il centodiciotto, – le ho detto, aprendo lo sportello posteriore.

– NON C'È TEMPO! – ha strillato la ragazza, aggrappandosi con una mano allo schienale davanti e con l'altra al sedile.

Io avevo già fatto il numero, ho messo il telefono in viva voce sul copribagagliaio e ho accesso le luci posteriori dell'abitacolo.

«Pronto? Qual è l'emergenza?» ha risposto la voce di un uomo.

– Buonasera, – ho esordito sentendomi un imbecille, ma non avrei saputo come altro cominciare. – Sono un tassista e ho una signorina che sta partorendo nel mio taxi.

L'operatore mi ha risposto tranquillo, come se fosse normale che le ragazze partorissero sui sedili posteriori di un'auto. Mi ha chiesto dove ci trovavamo, poi ha detto: «Adesso la guido io. Come si chiama?»

– Come ti chiami, cara? – ho chiesto alla ragazza.

– ANNA! – ha urlato.

– Si chiama Anna, – ho ripetuto nel telefono.

«Non la signorina, intendo come si chiama, lei?»

– Ah, scusi. Io sono Mario.

«Bene, Mario, ha con sé qualcosa per disinfettarsi le mani?»

– Ho una bottiglietta di gel igienizzante.

«Ottimo, Mario, lo prenda e se lo strofini sulle mani e sugli avambracci».

– Oddio, sta uscendo, – ha gridato Anna. – STA USCENDO!

L'operatore l'ha sentita e ha detto subito: «Lei le stia davanti, Mario. Deve far finta di essere un portiere, deve prendere il bambino al volo, non lasci che scivoli o cada. Va bene?»

– Pronto! – ho detto.

«La vede la testa?»

In realtà, no. Non vedevo quasi niente. La ragazza era sdraiata, il suo abito era tutto bagnato e incollato alle gambe, e a parte le scarpe da tennis bianche, di quello che stava succedendo là sotto non distinguevo quasi nulla.

– Anna, perdonami, ma ti devo scostare il vestito.

Mi è venuta in mente la mia prima moglie, la immaginavo con il sopracciglio alzato e l'aria costernata davanti a quello spettacolo. Io non c'ero mica, alla nascita dei nostri figli, non ci facevano entrare in sala parto, aspettavamo fuori e ci portavano il bambino già bell'e pronto, pulito e avvolto nella sua copertina. Per questo, quando ho sollevato il vestito, be', confesso che non ero pronto a ciò che ho visto. Per un attimo mi è sembrato di svenire, ma la ragazza ha cacciato un urlo talmente forte che, anche volendo, non ci sarei riuscito.

«Prenda la testa, – mi ha detto la voce dal telefono. – Ma non tiri».

Figurarsi se mi mettevo a tirare, era già tanto se trovavo la forza di appoggiare le mani su quella palletta appiccicosa e bollente.

«Anna?» ha chiesto la voce.

– sí! – ha gridato lei.

«Adesso devi spingere. Ti aiuta Mario».

Lei si è piegata in avanti e mi ha guardato dritto in faccia, per la prima volta. Io stavo con le mani a conchiglia, vicinissime al punto piú privato che esista per una signora, e quel che stavo toccando mi terrorizzava. Ma, non so come, sono riuscito lo stesso a sorriderle.

– Ti aiuto io, Anna, – ho detto.

Anna ha emesso un suono a metà tra un ruggito e un rantolo. Mai, nella mia vita, né prima né in seguito, mi è capitato di sentire un suono come quello. E, lo posso giurare, è successo davvero: Anna ha sparato fuori il bambino in un secondo. Un attimo prima non c'era, un attimo dopo era lí. A me era stato detto di fare come un portiere e cosí ho fatto, mi sono sporto e ho accolto quella vita fingendo che fosse un piccolo pallone di spugna morbida.

«È nato?» ha chiesto la voce al telefono.

– Perché… non piange? – ha ansimato allarmata Anna.

Ho provato uno spavento indicibile. Ero piegato sul sedile, tenendo tra le mani quella piccola massa calda e bagnata, incapace di abbassare gli occhi per guardarla. Non so perché, ma ho pensato a mio nipote Manuel, quando aveva le coliche. Mia nuora lo teneva su un braccio solo, a pancia sotto, e gli dava delle piccole pacche sulla schiena.

«Stai attenta, che lo rompi!» le diceva scherzando la mia prima moglie.

«Ma no, in questo modo lo aiuto», rispondeva sorridendo lei.

Cosí ho fatto anch'io, come per una specie di riflesso. Ho adagiato la creatura sul braccio sinistro, e tenendola a pancia in giú ho dato un paio di pacche sulla schiena. Delicate ma ferme. Lui ha tossito tre volte, poi ha cominciato a piangere. Era un pianto primitivo, profondo, impaurito e gioioso insieme, quello della vita che grida che è finalmente arrivata. È stato solo allora che il fagotto si è trasformato in un bambino. L'ho rigirato subito, tenendolo stretto, prestando attenzione a non schiacciarlo, o a strappare il cordone ombelicale, mentre al telefono l'operatore mi raccomandava fiero: «Benissimo! Gli tenga su la testa!»

– Lo so che devo tenergli su la testa! – ho detto. – Sono un nonno, io.

Anna è scoppiata a piangere e ha teso le braccia verso di me, per reclamare il miracolo che aveva appena messo al mondo. Io le ho sistemato il bambino addosso, con delicatezza, mi sono sfilato la giacca e li ho coperti entrambi. Sono uscito dall'auto, sporco di sangue e di altri liquidi che non volevo nemmeno sapere cosa fossero, mi sono seduto sul marciapiede.

In lontananza si sentivano le sirene dell'ambulanza che ci stava raggiungendo. Ho alzato gli occhi verso il cielo ormai scuro, e ho visto le luci di un aereo che sorvolava la città.

Magari sopra c'era quel signore ben vestito e accigliato che aveva litigato nel mio taxi.

Chissà, se avesse saputo che grazie alla sua chiamata io avevo fatto nascere un bambino, forse avrebbe avuto piú voglia di sorridere.

Il piccolo gli dorme addosso sul divano, ha la testa appoggiata sul suo torace, un respiro caldo e morbido che gli fa il solletico sul collo.

L'uomo ha passato tutta la notte a raccontargli storie.

Come fossero fiabe perdute, canzoni inventate, una lunga ninna nanna di umanità sussurrate. Una piccola mappa di alcuni modi in cui si può essere uomini.

Le mappe a volte portano a tesori, altre a perdersi nella ricerca, piú spesso conducono in luoghi immaginari. Se glielo chiedessero, l'uomo non saprebbe indicare fra questi il destino piú desiderabile. Ciò che sa è che i tesori, reali o immaginari che siano, si trovano sempre sulle strade meno battute.

L'uomo accarezza piano il bambino, i capelli sottili gli tremano fra le dita come piume. Gli passa un braccio sotto le gambe morbide, apre il palmo della mano sulla sua schiena, stringe a sé il piccolo, infine si alza e cammina verso la camera su un pavimento che gli sembra fatto di pane.

Socchiude la porta e la donna è lí, sdraiata su un fianco, con un cuscino fra le ginocchia, in attesa. L'uomo siede sul letto, lei avverte la loro presenza nella penombra del primo mattino.

– Stanotte sono venuta a guardarvi, – dice la donna. – Sembravate un quadro.

– Spiona, – dice lui. – Sei riuscita a riposare almeno un po'?

– Sí. Grazie.

– Però mi sa che adesso è ora, mh?

La donna si tira su.

– Non si è mai visto un bimbo che dev'essere svegliato per la poppata, – dice.

Si scopre un seno, si sistema addosso il piccolo, lui fiuta la pelle umida e si avvicina, boccheggia come un pesce che sta per riguadagnare l'acqua, inizia a succhiare a occhi chiusi.

L'uomo guarda la donna e il bambino, la piú grande gioia e la piú grande paura insieme, gli sembra di sentire i loro tre cuori che battono nei tre metri quadrati del letto, un metro a cuore. Stringe il piede del bimbo che sparisce nella sua mano.

– Fra poco dovrò uscire, – dice l'uomo.

– Ma se non hai praticamente dormito.

– Ho troppa vita da recuperare, per dormire ci sarà tempo.

Al termine della poppata lui prende in braccio il bambino, gli batte piano la schiena, aspetta qualche secondo, il piccolo fa un verso e butta fuori l'aria, gli rigurgita una boccata di latte sulla felpa, vicino alla spalla. La donna sorride.

– Abituati, – gli dice.

– Non chiedo di meglio, – dice lui.

L'uomo tiene il bambino con sé, ancora per un po', sa che a breve tornerà il sonno. Quando sente il respiro farsi piú profondo lo avvicina alla culla, ce lo sistema dentro. Si sdraia nel loro letto, abbraccia la donna.

– Giuro che per pranzo sarò a casa, – dice.

– Ci troverai qui.

– Ciao, ragazza, – le dice l'uomo, poi la bacia.

– Eddài, non mi sono ancora lavata i denti, – dice lei. Allora lui la bacia di nuovo.

– Ciao, tu, – sussurra al bambino, in direzione della culla. – Il papà torna prestissimo.

L'uomo esce in silenzio, appoggia la porta della camera, si infila la giacca e prende le chiavi dell'auto.

Fuori il sole è sorto da poco.

Ha smesso di piovere, l'aria è sottile e pulita, l'Audi corre sulla tangenziale con il finestrino appena abbassato. È una bella giornata per cominciare a piantare un uliveto, pensa l'uomo. Spera che gli altri due siano già là.

L'auto esce dalla tangenziale e imbocca una strada secondaria, entra in una via sterrata, la percorre fin dove iniziano i primi campi coltivati, dietro quelli un bosco di pioppi. Si avvicina a una cascina, entra nel cortile, si ferma. L'uomo scende dalla macchina, l'aria fresca lo attraversa come una scossa elettrica.

Si guarda attorno. Non c'è ancora nessuno. Qualche gallina gli passa accanto nell'erba alta, lui si sposta dietro il casale, verso le poche piante da frutto, si siede sulla panchina verde che hanno sistemato qualche settimana addietro. Estrae il telefono dalla tasca per vedere se ha ricevuto messaggi, si ricorda che lí non prende mai. Se ne sta cosí per un po', solo ad ascoltare il vento.

– Ehi! – sente chiamare alle sue spalle.

Si gira di scatto. – Eccovi, finalmente, – dice.

Un uomo con un braccio solo avanza verso di lui, è accanto a un altro che porta un piccone in spalla.

– Certo che dormi poco, eh? – dice il primo.

– Ma no, è che vado a letto presto, – dice lui, mentre si tira su.

I tre si incamminano verso il campo. Individuano un punto, cominciano a scavare, infine portano lí una trentina di alberelli. L'uomo ripensa a quel vecchio proverbio sulle tre cose per sentirsi realizzati: fare un figlio, scrivere un libro, piantare un albero. Gliel'ha citato una volta un giardiniere. Da oggi mi mancherà solo il libro, pensa. Si chiede se le parole dette contino quanto quelle scritte, se valga pure una lunga storia sussurrata a un figlio durante la notte. O se vale questa storia nuova, fatta di gesti antichi, un nuovo racconto che sta incidendo con le sue mani nella terra umida.

Si ricorda del tempo in cui il suo desiderio piú grande era quello di arrivare in cima. In cima a cosa, oggi non saprebbe neanche dirlo. Ora invece è chino in un campo come suo nonno, si sveglia all'alba e non l'aveva fatto mai, ha avuto un figlio come suo padre. Si guarda le mani, le unghie nere, il taglio sul pollice che si è procurato la settimana precedente insieme al graffio sullo zigomo. Gli sembra di essere parte di una storia molto piú grande della sua, o di qualunque altra potrebbe mai inventare. Non è una storia che parla di conquistare vette, perché i desideri non è che debbano per forza volare altissimi, pensa. La gioia, quella vera, spesso vola basso, proprio accanto a te.

– Stefano, – gli dice l'uomo con un braccio solo, asciugandosi il sudore dalla fronte. – Ma alla fine come l'hai chiamato, tuo figlio?

– L'abbiamo chiamato Mario.

– È un gran nome, – dice l'uomo con il piccone. – Un nome da brava persona.

– Sí, – dice Stefano.

I tre riprendono a scavare, posizionano un albero, ricoprono la buca.

– Cos'è quella? – dice l'uomo con un braccio solo, indicandogli la felpa.

Stefano abbassa gli occhi sulla spalla, vede il bianco rappreso, si ricorda di suo figlio poco prima, gli viene da ridere.

– Quella è una domanda, – dice.

– Una domanda? Una macchia su una felpa è una domanda?

– Sí, – dice. – È la stessa che mi fece mio padre trent'anni fa.

– E quale sarebbe?

– «Che cosa fa di un uomo un uomo?»

– Ah, una cosuccia da niente. E hai pure la risposta?

Stefano guarda i suoi due amici, la loro espressione da guerrieri danneggiati, da disertori felici, sono cosí belli nella luce chiara del mattino. Se ora qualcuno gli dicesse che il mondo è stato creato solo per loro tre, per la perfezione di questo momento, ci crederebbe come niente.

Si piega in silenzio, affonda le mani nella terra fresca, toglie alcuni sassi e li getta dietro di sé.

– Dài, che piantiamo il prossimo, – dice.

Nota al testo.

La prima citazione in epigrafe a pagina 3 è tratta da Ernest Hemingway, *Addio alle armi*, traduzione di F. Pivano, Mondadori, Milano 2016.

La seconda citazione in epigrafe a pagina 3 è tratta da *Come voglio l'amore*, testo e musica di Madame © 2023 Sugarmusic Spa. Tutti i diritti riservati per tutti i Paesi. Riprodotto su autorizzazione di Hal Leonard Europe Bv (Italy).

Il sottotitolo del racconto a pagina 66 è tratto dalla canzone *Into My Arms*, testo e musica di Nick Cave © 1997 Bmg Right Management (Uk) e Mute Song.

La citazione «Sampei, pescatore grandi orecchie a sventola» a pagina 68 è tratta da *Sampei*, testo di Lucio Macchiarella, musica di Michael B. Fraser e Albert D. Meakin © 1982 Universal Music Publishing Ricordi Srl/Mondo TV Spa. Tutti i diritti riservati per tutti i Paesi. Riprodotto su autorizzazione di Hal Leonard Europe Bv (Italy).

Il verso «*On a gathering storm comes*» a pagina 72 è tratto dalla canzone *Red Right Hand*, (66,67%) Words and Music by Nick Cave, Mick Harvey and Thomas Wydler © 1994 Bmg Rights Management (Uk) Limited and Mute Song Ltd. All Rights for Bmg Rights Management (Uk) Limited Administered by Bmg Rights Management (Us) Llc. International Copyright Secured. All Rights Reserved. Reprinted by Permission of Hal Leonard Llc/Hal Leonard Europe Bv (Italy). (33,33%) Written by Nick Cave, Mick Harvey & Thomas Wydler. Published by Bmg/Mute Song Limited. Sub Editore per l'Italia: Café Concerto Srl – Via G. Revere 9 Milano/Bmg. Lyrics reproduced by kind permission.

Indice

Questo libro è stampato su carta contenente fibre certificate FSC®
e con fibre provenienti da altre fonti controllate.

MISTO
Carta da fonti gestite
in maniera responsabile
FSC® C115118

Stampato per conto della Casa editrice Einaudi
presso ELCOGRAF S.p.A. - Stabilimento di Cles (Tn)
nel mese di giugno 2023

C.L. 254476

Edizione						Anno			
1	2	3	4	5	6	2023	2024	2025	2026